Sören Bollmann

Wut in der Halben Stadt

Der vierte Fall für Matuschek & Miłosz

AF286007

Für Frankfurt (Oder) und Słubice

Sören Bollmann

Wut in der Halben Stadt

Der vierte Fall für Matuschek & Miłosz

KLAK

Verzeichnis wichtiger Figuren

soweit sie zu Beginn eines Krimis schon
verraten werden können

Gosia Miłosz	Managerin einer Supermarktkette, Ex-Frau von Kommissar Wojtek Miłosz und Mutter von Wiktoria, Tobiasz und Łukasz
Wojtek Miłosz	zunächst Słubicer, dann Frankfurter Kriminalkommissar, Vater derselben drei Kinder
Wiktoria Miłosz	erst Schülerin in Słubice und London, dann Politaktivistin in Warschau und auch ein bisschen Studentin, geb. 2003
Tobiasz Miłosz	bei den polnischen Pfadfindern aktiv, die immer nationalistischer werden, geb. 2006
Łukaszek Miłosz	kleiner Junge mit sonnigem Gemüt und guter Beobachtungsgabe, geb. 2013
Bernd Matuschek	zu Beginn in der Soko Rechtsradikalismus auf Usedom tätig, dann wieder Frankfurter Kriminalhauptkommissar

Franziska Weber	europaweit bekannte Schriftstellerin und Lebenspartnerin von Bernd Matuschek
Rudolf Borkowski	Rentner und leidenschaftlicher Boulesspieler
Angelika Borkowski	Rentnerin, die mit einem kleinen Beitrag zu einer besseren Welt bei sich zu Hause anfangen möchte
Lutz Schütze	Malermeister, aufrechter Deutscher und begeisterter Boulesspieler
Udo Freiberg	pensionierter Versicherungsmakler, engagierter Bürger und regelmäßiger Boulesspieler
Klaus Schmidt	Wortführer der „Montagsspaziergänge" und ebenfalls passionierter Boulesspieler
Petra Schumacher	Kriminaloberrätin der Frankfurter Polizei und Vorgesetzte von Bernd Matuschek und Wojtek Miłosz
Sandra Stürmer	Fußballtrainerin, Macherin der Kulturfabrik, Freundin von Gosia Miłosz und politische Aktivistin
Olli	Gastronom, hin– und hergerissen zwischen den „Montagsspaziergängen" und der linken Szene

Isabel und Lena	zwei von Sandras Fußballschützlingen und Helferinnen in der Kulturfabrik
Julia	früher Słubicer Bandenchefin, nun Polizistin
Tomek	in der Jugend Mitglied von Sandras Clique, nun Polizist und Julias Freund
Antonina	stets wissbegierige Gerichtsmedizinerin der Słubicer Polizei, trägt gern Norwegerpullis
Bernard Kaczmarek	Lehrer am Liebknecht-Gymnasium und linker Aktivist
Elli	Abwehrchefin von Sandras Fußballteam
Justyna Nowak	politische Aktivistin, auch genannt die „Słubicer Greta Thunberg"
Der Hundertjährige	thront über den Dächern der Stadt und hält die rechten Fäden in der Hand
Matuscheks Vater	verbringt seine letzten Tage im Seniorenheim „Karl Marx" und erinnert sich an das, was in der DDR gut war

Vorgeschichte, in der Gosia und Wojtek Miłosz sich scheiden lassen, und Matuschek zusammen mit Franziska an der Ostsee lebt

Sommer 2018

„Hiermit erkläre ich die Ehe zwischen Wojciech Aleksander Miłosz und Małgorzata Alicja Miłosz, geb. Gąsiorek, für geschieden."

Die Richterin kam hinter ihrem Tisch hervor und gab beiden die Hand.

„Ich wünsche Ihnen und vor allem Ihren Kindern alles Gute."

Gosia und Wojtek Miłosz verließen den Gerichtssaal, Wojtek lief drei Schritte hinter ihr. Im Foyer wartete Wiktoria auf sie, die schon fünfzehn Jahre alt war und so groß wie ihre Mutter. Sie hakte sich bei ihr ein.

„*Let's go*, Mama!"

„Wann geht euer Flieger?", fragte Wojtek.

„Um 18.05 Uhr", antwortete Gosia.

„Aber wir müssen uns beeilen", drängte Wiktoria. „Wir wollen den nächsten Zug nach Berlin kriegen und am Alex noch ein bisschen shoppen gehen."

„Holt euch in London jemand vom Flughafen ab?", fragte Wojtek weiter.

„Ein Kollege aus der Firma. Wenn alles klappt."

Wiktoria sah ihre Mutter von der Seite an. Wojtek senkte den Blick. Der Gedanke, dass in London auf Gosia ein Mann warten könnte, der für sie mehr war als bloß ein Arbeitskollege, versetzte ihm einen Stich mitten ins Herz.

„Und was hast du heute noch vor?", wollte Gosia wissen.

„Wenn Tobiasz Schulschluss hat, holen wir Łukaszek zusammen von der Kita ab. Die beiden haben sich gewünscht, dass wir zu Hause Pizza backen und danach in die „Chocolaterie" gehen."

„*Prawdziwa* Männer-WG", sagte Gosia halb auf Polnisch, halb auf Deutsch.

Sie traten aus dem Gerichtsgebäude. Wojteks Blick wanderte über den Platz, der, wie es ihm schien, sein ganzes Leben an einem Ort zusammenfasste. Rechterhand das Standesamt der Stadtverwaltung, in dem er Gosia geheiratet hatte, was für ihn damals das glücklichste Ereignis seines Lebens war. In seinem Rücken das Amtsgericht, vor dem er soeben etwas hinter sich gebracht hatte, was sich wie die größte Niederlage seines Lebens anfühlte. Und linkerhand die Słubicer Polizeikommandantur, in der er am kommenden Montag, nach Ende einer viertägigen Auszeit, seine Arbeit wieder aufnehmen würde, die von Routine und Missmut geprägt war. Wojtek rückte sein Jackett gerade. Wiktoria spielte an ihrem Handy und wippte ungeduldig mit dem Fuß.

„Ich will euch nicht länger aufhalten, damit ihr auf keinen Fall euren Zug verpasst."

Er umarmte erst seine Frau, dann seine Tochter. Wiktoria sah den Bus bereits an der Endhaltestelle stehen und zog ihre Mutter mit sich, die nur einen kleinen Koffer dabeihatte. Das große Gepäck wartete am Flughafen auf sie und der Umzugswagen war schon vergangene Woche nach London gefahren. Gosia drehte sich noch einmal um. In ihrem Lächeln lag die Vorfreude auf ein neues Leben, das sie sich von A bis Z selbst aufgebaut hatte. Der Preis dafür war, dass sie ihre beiden Söhne zurückließ und Wojtek, der schließlich kein schlechter Ehemann gewesen war. Wojtek winkte ein letztes Mal, als sich der Bus in Bewegung setzte. Dann ging er zu seinem Wagen.

Tobiasz schleuderte, kaum dass er die Wohnung betreten hatte, seine Schultasche in hohem Bogen auf das Sofa. Es gab nur wenige, vergleichbar kleine Handlungen, mit denen man Wojtek Miłosz so zuverlässig auf die Palme bringen konnte. Doch heute riss er sich zusammen, holte einmal tief Luft und verkniff sich sogar, von Tobiasz zu verlangen, die Tasche sofort dort wegzunehmen und in sein Zimmer zu tragen.

„Ist Mama schon weg?"

Wojtek nickte.

„Sie hat sich doch heute Morgen von euch verabschiedet."

Tobiasz stand unschlüssig in der Mitte der Wohnung, zwischen dem Sofa und dem Sessel, in dem sein Vater saß und ein Buch in der Hand hielt und der Küche, aus der kein noch so schwacher Duft eines fertigen Mittagessens in seine Nase stieg. Ihm fiel ein, dass Papa angekündigt hatte, dass sie heute selbst kochen mussten.

„Wann sehen wir Mama wieder?", fragte Tobiasz, als würde ihm erst in diesem Augenblick klarwerden, dass seine Mutter aus dem täglichen Leben verschwunden war.

„Wahrscheinlich zu Weihnachten."

„Warum können wir nicht schon in den Sommerferien zu ihr fahren? Wir waren doch noch nie in England."

„Weil Mama nur eine Woche Urlaub hat."

„Eine Woche ist besser als gar nichts."

„Mama weiß noch nicht genau, wann sie den Urlaub nehmen kann."

„Dann warten wir eben. Wir haben doch eh nichts Besonderes vor in den Ferien."

Wojtek Miłosz schaute wieder in sein Buch. Tobiasz griff seine Schultasche, stapfte in sein Zimmer und schlug die Tür hinter sich zu. Wojtek Miłosz schloss die Augen und stützte seinen Kopf in beide Hände. Dann machte er sich allein auf den Weg, um Łukaszek von der Kita abzuholen.

Draußen war es sonnig und warm und die Stadt war voller Erinnerungen. Der erste Kuss mit Gosia auf den Oderwiesen, unweit der Stelle, an der er vor sechs Jahren die Leiche seines ersten deutsch-polnischen Mordfalls in Augenschein genommen hatte. Wojtek konnte den Kuss noch immer auf seinen Lippen spüren. Den Heiratsantrag hatte er ihr auf einer Bank am *Plac Wolności* gemacht, in Sichtweite der Kita, in die Łukaszek so gerne ging.

Den Plan, eine völlig neue Karriere einzuschlagen, als Universitätsdozent für forensische Psychologie an der Uni Poznań, hatte er aufgeben müssen. Einen Einkommensverlust konnte er sich, da er nun mit den Jungs allein lebte, nicht leisten. Sein Job im Kriminaldezernat der Słubicer Polizei machte ihm keinen Spaß mehr, er diente nur dem Gelderwerb. Einzige Ausnahme waren die deutsch-polnischen Fälle, von denen er bisher drei zu lösen gehabt hatte.

Die Trennung von Gosia, seiner Jugendliebe, tat bitter weh. Er empfand die Scheidung als das Scheitern seines

Lebensentwurfs, bestehend aus einer seiner Meinung nach partnerschaftlichen, jahrelang liebevollen Ehe und drei Kindern. Der Trennung vorausgegangen war der lange, schwelende Schmerz, den die zunehmende Entfremdung von Gosia in ihm ausgelöst hatte. Dieser Schmerz war dabei zu verblassen. Er wich dem Gefühl der Leere, die Gosias Verschwinden in seinem Herzen hinterließ, in seinem Alltag, in jedem Zimmer der Wohnung.

Gosia hatte sich als Einkaufschefin der Biernacki-Supermärkte beruflich verwirklichen können. Doch sie hatte ihn kaum daran teilnehmen lassen, was sie dabei erlebte. Vielleicht hatte er sich auch nicht in dem Maße für ihre Welt interessiert, wie sie es sich gewünscht hätte. Er hatte sich durchaus bemüht, sie in der Betreuung der Kinder und bei der Haushaltsarbeit zu entlasten. Doch zugleich hatte sich ein Teil von ihm die ganze Zeit gesträubt, sich zu weit auf Haus und Kinder einzulassen, weil er befürchtete, auf diesem Weg seine eigenen Karriereambitionen Schritt für Schritt begraben zu müssen.

Anfang des Jahres kaufte Biernacki über hundert Supermärkte in Großbritannien und Irland auf und bot Gosia den Posten der Generalmanagerin für beide Länder an, mit einem ganz und gar westeuropäischen Gehalt. Der neue Job war mit einem Umzug nach London verbunden. Das hatte der allmählich gewachsenen Erkenntnis, dass eine Scheidung das Beste sei, zum Durchbruch verholfen.

Wiktoria war sofort Feuer und Flamme gewesen. Sie würde das Provinznest Słubice und die kaum weniger langweilige Nachbarstadt Frankfurt gegen eine Weltmetropole eintauschen können, wie geil bitteschön war das denn?!

Tobiasz, der zwölf Jahre alt war, konnte sich nicht vorstellen, Słubice, seine Freunde, die Pfadfindergruppe und seine Schule zu verlassen. Und war Papa nicht meistens etwas nachgiebiger gewesen, wenn es darum ging, Spielzeiten am Gameboy, der Playstation und am PC auszuhandeln? Gosia war Wojtek dankbar dafür, dass er auch Łukaszek bei sich behielt.

„Ich werde noch viel mehr arbeiten müssen als bisher", seufzte sie.

Łukaszek war im Mai fünf Jahre alt geworden und war der kleinste und schmächtigste in seiner Altersgruppe. Er war im Allgemeinen glücklich und zufrieden mit sich und der Welt. Morgens freute er sich, in die Kita zu gehen, in der er gleich nach den Sommerferien, im letzten Jahr vor der Einschulung, bereits Lesen und Schreiben lernen würde und nachmittags freute er sich, wenn ihn jemand abholte. Als Wojtek die Tür zu seinem Gruppenraum öffnete, sprang er ihm auf den Arm.

„*Tato, zrobimy pizzę!*"

Mit Łukaszek an der Hand sah Wojtek die Welt um sich herum mit anderen Augen. Er nahm sie aufmerksamer wahr, sie wurde freundlicher, das Leben entschleunigte sich. Łukaszek beobachtete Vögel im Flug und fragte nach ihren Namen. Er liebte es, die Rinde von Bäumen zu betasten, auch der unscheinbarsten, verschrumpeltsten, die unmittelbar an der Straße standen. Łukaszek lächelte fremde Menschen im Vorübergehen an, nicht alle, nur diejenigen, die ein ähnlich gemächliches Tempo an den Tag legten wie er selbst. Auch Wojtek hielt in Łukasz' Begleitung nach bekannten Gesichtern Ausschau, um sie zu grüßen, ein paar Worte zu wechseln und um in ihren Blicken eine Bestätigung dafür zu finden, dass er seinen Job als alleinerziehender Vater ganz ordentlich machte.

„Unsere Pizza schmeckt besser als die Pizza aus dem Restaurant", stellte Łukaszek fest, als sie am Restaurant „Pizza-Polizei" vorüberkamen.

„Ich habe gestern deine Lieblings-Salami gekauft, mit der du die Pizza belegen kannst", antwortete Wojtek. „Als du kleiner warst, hast du immer Schlami gesagt statt Salami."

„Daran kann ich mich gar nicht erinnern, Papa", sinnierte Łukaszek.

Wojtek machte auf dem Weg nach Hause einen kleinen Umweg, um ein paar Meter auf der Deichkrone zurücklegen zu können, was sein Sohn genauso liebte wie er selbst. Von hier oben gab es noch viel mehr zu sehen. Ein Schiff im Hafen, Angler, die stumm am Ufer saßen und Möwen, die mit lautem Krakeelen von einer Ecke zur anderen flogen und nach Fressen Ausschau hielten.

Łukaszek war kein Junge, der ohne Unterlass redete. Er war eher ein stiller Genießer des Lebens, der für Freude unzählige Minen und Laute hatte, für Trauer viel weniger, weil er nur selten traurig war.

Łukaszek ließ sich auch von seinem großen Bruder die Laune nicht verderben, der sich nur widerwillig von der Playstation loseisen ließ und mit grimmigem Gesicht half, Tomaten, Zwiebeln und Knoblauch zu schneiden. Wojtek rollte den fertigen Pizzateig aus und rieb den Käse. Łukaszek konnte es kaum erwarten, die rote Matschepampe mit seiner Lieblings-Salami zu belegen.

„Schlami, Schlami!", sang er vor sich hin. Tobiasz rollte mit den Augen.

Wojtek wunderte sich, dass Łukaszek kein einziges Mal naschte. Er schien in seinen stillen Überlegungen zu der Erkenntnis gekommen zu sein, dass es sich mehr lohnte, seine Schlami dem Prozess des „Pizza-selbst-Machens" anzuvertrauen und sich währenddessen auf das Ergebnis zu freuen.

„Du hast mir dein Zeugnis noch gar nicht gezeigt, mein Sohn", fiel Wojtek beim Essen ein.

„Du hast mich nicht danach gefragt", gab Tobiasz zurück.

„Hast du überall die Noten bekommen, die du erwartet hast?", fragte Wojtek.

„Kannst ja draufgucken. Es liegt in meiner Schultasche."

Łukaszek pustete inbrünstig auf jeden Bissen, bevor er ihn sich in den Mund steckte. Genauso, wie Papa es ihm gezeigt hatte. Manchmal schloss er die Augen beim Essen. Wojtek fragte sich, bei wem er es sich wohl abgeguckt hatte, bei einem guten Essen genießerisch die Augen zu schließen.

Tobiasz' Zeugnis barg keinerlei Überraschungen, er hatte in jedem Nebenfach einschließlich Sport „sehr gut" und in jedem Hauptfach, Mathematik, Polnisch und Englisch, „gut". Wojtek Miłosz nickte anerkennend.

„Glückwunsch, mein Sohn, damit kannst du zufrieden sein."

„*Tato*, kann ich zur Belohnung etwas länger Computer spielen? Auch weil Mama jetzt nicht mehr da ist."

„Was hat das mit der Computer-Spielzeit zu tun?"

„Ich glaube, ich brauche noch etwas Zeit, um mich daran zu gewöhnen. Dabei tut ein bisschen Ablenkung gut."

Wojtek lachte verständnisvoll:

„So lange das nicht jeden Tag als Begründung herhalten muss."

„Selbst wenn."

„Das Leben geht auch ohne Mama weiter. Ich bin jetzt Papa und Mama in einer Person."

„Das ist lustig", befand Łukaszek. „Papa-Mama, Mpapa."

Tobiasz räumte sein Geschirr in die Spülmaschine und verschwand in seinem Zimmer. Łukaszek kam aus seinem Zimmer mit einem Beutel voller Spielzeugautos zurück, der so schwer war, dass er ihn auf dem Boden hinter sich herzog. Er schüttete die Autos auf einem Teppich aus, der mit Straßen und Häusern bedruckt war. Wojtek wusste, dass Łukaszek sich, solange er nicht alleine im Raum war, stundenlang mit den Spielzeugautos beschäftigen konnte. Er fuhr mit jedem von ihnen durch die Straßen, reihte sie in langen Schlangen hintereinander auf, verteilte sie auf die einzelnen Gebäude, türmte sie zu Hauf und begleitete sein Tun mit gemurmelten Geschichten.

Wojtek machte es sich mit einem Kriminalroman aus der Feder der Freundin seines Frankfurter Kollegen Bernd Matuschek gemütlich. „Eine Tote zum Kaffee" war mindestens ebenso sehr ein trauriger Liebes− wie ein Kriminalroman.

Irgendwann hatte Łukaszek genug vom Autospielen. Er dackelte in sein Zimmer und kam selbst mit einem Buch zurück. Er kletterte auf Papas Schoß und ließ sich von „Michel aus Lönneberga" vorlesen, dessen Streiche ihn ebenso amüsierten, wie er mit ihm litt, wenn er wieder einmal im Holzschuppen eine Strafe abzusitzen hatte.

„Papa, wenn Michel im Schuppen sitzt, tut es ihm leid, was er getan hat. Trotzdem macht er immer wieder aufs Neue dumme Sachen. Warum?"

„Vielleicht ist das seine Art und Weise, noch nicht erwachsen werden zu müssen, sondern ein Kind zu bleiben", antwortete Papa.

Łukaszek dachte nach.

„Ich mache keine solchen Dummheiten wie Michel", sagte Łukaszek schließlich. „Aber ich bin trotzdem noch ein Kind, nicht wahr, Papa?"

„Du bist viel jünger als Michel", erwiderte Wojtek Miłosz. „Du darfst noch ganz lange ein Kind bleiben und zugleich ein lieber, braver Junge sein."

Łukasz nahm die Antwort schweigend zur Kenntnis, ohne dass Wojtek erkennen konnte, ob ihn die Aussicht erfreute oder sie ihm eher Sorgen bereitete.

Am nächsten Tag gelang es Wojtek Milosz, Tobiasz dazu zu bewegen, mit ihm und Łukaszek einen Ausflug in die „Chocolaterie" zu unternehmen. Dafür musste Milosz seinem Ältesten außer einer heißen Schokolade auch noch vier Kugeln Eis spendieren.

„Kauf doch eine Schachtel Pralinen für Mama", schlug Tobiasz vor, um den Zustand der Beziehung zwischen den geschiedenen Eltern herauszufinden. In der Vitrine lag eine Auswahl von drei Dutzend Sorten köstlicher Pralinen.

„Vielleicht zu Weihnachten", wehrte Milosz ab.

„Warum nicht jetzt? Einfach so, ohne Grund", bohrte Tobiasz weiter.

„Ach, lass Mama sich erstmal einleben in London", entgegnete Milosz mit müder Stimme.

Tobiasz stocherte missmutig in seinem Eis. Łukaszek ließ die Erwähnung von Mama aufhorchen. Er hatte die erste Nacht friedlich durchgeschlafen und auch tagsüber nicht erkennen lassen, dass er seine Mama vermisste. Jetzt schaute er seinen Vater mit großen Augen an.

„Mama ist fort", erklärte Tobiaz. Dann setzte er noch eins drauf: „Sie kommt nie wieder."

Wojtek war drauf und dran, seinen Sohn auf der Stelle zurechtzuweisen. Er nahm Łukaszek vorsorglich in den Arm. Doch Łukasz weinte nicht. Er lächelte tapfer und sagte: „Papa ist da."

Łukaszek war es auch, der als erster den jungen Mann entdeckte, der allein an einem Tisch saß und aus dem Fenster starrte. Sein Blick ging immer häufiger zu dem Mann mit den kurzen Haaren und der unscheinbaren Kleidung, als spürte er den Unterschied zwischen dessen und seinem eigenen Gemütszustand, der von der Nähe zu seinem Papa und vom wohligen Gefühl der warmen Schokolade in seinem Bauch erfüllt war. Jetzt wurde auch Tobiasz auf ihn aufmerksam.

„Der Mann sieht so aus, als wäre er auch gerade geschieden worden", sagte Tobiasz hinter vorgehaltener Hand.

„Sehe ich so verzweifelt aus?", fragte Wojtek zurück.

Tobiasz grinste.

„Vielleicht nicht geschieden, sondern eher sitzen gelassen", korrigierte er sich.

Wojtek Milosz musterte das stoppelbärtige Gesicht und die blasse Hautfarbe. Der junge Mann starrte unablässig auf die Straße und wandte seinen Blick von dort nur ab, wenn er nach seinem Kaffeebecher griff. Dann schaute er wieder aus dem Fenster. Wojtek fragte sich, ob er dort draußen überhaupt etwas wahrnahm oder nur in seine düstere Seele blickte.

Wojtek erlag nicht der Versuchung, Trübsal zu blasen oder sich selbst zu bemitleiden. Er sah seinen Jungs dabei zu, wie sie zufrieden ihre heiße Schokolade schlürften. Seine Aufgabe war es nun, beiden ein guter Vater zu sein. Hatte er nicht gestern leichthin behauptet, er wäre jetzt Papa und Mama in einer Person?

Plötzlich gab es einen lauten Krach. Der junge Mann war so abrupt aufgestanden, dass sein Stuhl auf den Boden flog. Er machte keinerlei Anstalten, ihn aufzuheben, knallte ein paar Geldstücke auf den Tisch und eilte aus dem Café, als wäre ihm mit einem Mal eingefallen, was er da draußen unverzüglich zu erledigen hatte. Tobiasz und Łukasz starrten dem Mann verwundert hinterher.

„Der Mann wird eine riesengroße Dummheit begehen", argwöhnte Tobiasz.

„Können auch große Menschen dumme Streiche machen?", fragte Łukaszek besorgt.

„Manchmal machen Erwachsene noch viel dümmere Dinge als Kinder", antwortete Wojtek.

Tobiasz wusste, dass sein kleiner Bruder die Geschichten von Michel aus Lönneberga liebte. Als er klein war, hatte er sie auch verschlungen. Jetzt hielt er es für klüger, Łukaszek nicht darüber aufzuklären, zu welchen Idiotien Erwachsene fähig waren. Das ganze Internet war voll davon. Schließlich wollte er heute seinen Vater nicht verärgern und freute sich auf seine Computerspielzeit. Auch Łukaszek fragte nicht weiter nach. Seine Welt war auch ohne Mama, die mit Wiktoria in einer weit entfernten, großen Stadt lebte, aus der sie Weihnachten zu Besuch kommen würden, in Ordnung.

Sommer 2023

Der Frankfurter Kriminalkommissar Bernd Matuschek hängte 2020 seinen Job an den Nagel und zog zu seiner Freundin Franziska Weber auf die Insel Usedom. Matuschek kaufte in Heringsdorf eine Zwei-Zimmer-Wohnung mit Blick auf den Dünenwald, Franziska blieb in ihrer Dachgeschosswohnung in Ahlbeck, aus der sie ein Zipfelchen vom Meer sehen konnte. Die Wohnungen waren nicht einmal zehn Fahrradminuten voneinander entfernt, immer die Strandpromenade entlang. Wenn Franziska nicht gerade auf Lesereise war, verbrachten sie die Nacht meist zusammen, abwechselnd in Ahlbeck und Heringsdorf. Matuschek hatte im Polizeirevier Wolgast die Leitung der dortigen Soko Rechtsradikalismus übernommen, dieselbe Funktion, die er auch in Frankfurt (Oder) ausgeübt hatte, bevor er zur Kripo gewechselt war. In Mecklenburg-Vorpommern machten sich die Rechten schon seit einiger Zeit in vielen Bereichen des öffentlichen Lebens und in den Sportvereinen breit.

Matuschek stellte das Hit-Radio auf volle Lautstärke und trat, einen Kochlöffel in der Hand, auf den Balkon, während die Schürze mit dem Emblem des FC Bayern sich im Morgenwind bauschte. Er summte einen Supertramp-Song mit und vor seinem inneren Auge erschien das Meer, das marineblau und bewegt ein paar hundert Meter entfernt war.

;„I'm a winner, I'm a sinner, do you want my autograph? I'm a loser, what a joker. I'm playing my jokes upon you. While there's nothin' better to do, hey!"

Dann enterte Matuschek wieder die Kochinsel in seiner Wohnküche. Er hatte im Internet ein Haggis-Rezept von Jamie Oliver gefunden, das ihm origineller und weniger aufwändig schien als das traditionelle, nach dem der Haggis in einem Schafsmagen serviert wurde, den man sowieso nicht mitessen konnte. Er schnitt drei Knollen Sellerie in daumengroße Stücke, enthäutete drei Zwiebeln, viertelte sie und ließ sie zusammen mit acht frischen Thymianzweigen und drei Scheiben Räucherspeck in einem Küchenmixer zerkleinern. In einer Pfanne erhitzte er das Olivenöl, gab jeweils drei Teelöffel Piment und fein gemahlenen Pfeffer, einen Teelöffel gemahlene Nelken sowie eine ordentliche Prise Salz und eine ganze, geriebene Muskatnuss hinzu und erhitzte es unten ständigem Rühren ein paar Minuten, bis sich der Duft in der halben Wohnung ausbreitete. Dann schüttete er den Inhalt des Mixers in die Pfanne und kochte alles unter gelegentlichem Rühren so lange, bis das Gemüse anfing zu garen.

Franziska tourte mit ihrem zu Jahresbeginn erschienenen Europaroman über den westlichen Teil des Kontinents. Ihr kleiner, agiler Verlag hatte es nicht nur geschafft, ihr Buch ins Englische und Französische übersetzen zu lassen, er organisierte für sie auch ein paar Lesereisen durch Großbritannien, Belgien und Frankreich. Franziska hatte Auftritte in Liverpool und Cambridge, Brüssel, Oostende, Lille, Boulogne sur Mer und im Jules-Verne-Museum in Nantes. Jeden Abend schickte sie Matuschek Fotos von einem touristischen Highlight, dem Sonnenuntergang über dem Meer oder einem Essen im Restaurant. Einmal schrieb sie:

– Und wieder ein Koch, der mit dir nicht mithalten konnte! Ein anderes Mal:

– Heute musste ich, nach langer Zeit mal wieder, einem charmanten Mann mitteilen, dass ich vergeben bin. :)

– Dito, antwortete Matuschek.

– Sechssprachiger Belgier, verwitwet, in meinem Alter, schreibt auch Geschichten, fuhr Franziska fort.

– Dunkelhaarige Kollegin aus Rostock, halbe Spanierin, geschieden, in deinem Alter, erwiderte Matuschek.

– Ich freue mich sehr auf dich!!!, textete Franziska.

– Das trifft sich gut. :) *Ja też*, lautete die Antwort.

Matuschek schnitt je ein halbes Kilo Schulterfleisch vom Rind und vom Lamm in Streifen und schüttete sie in den Fleischwolf. Von einem Herzen und einem halben Pfund Lammnieren entfernte er sorgfältig die Sehnenreste und spülte sie ebenso wie eine Handvoll Hühnerleber mit Wasser ab. Er ließ die Innereien abtropfen und es fehlte nicht viel, damit er sie im Mixer zu Püree verarbeitet hätte, wovor Jamie Oliver eindringlich warnte. In der Pfanne kochte er alles zusammen unter ständigem Rühren so lange weiter, bis das Fleisch die Farbe wechselte. Matuschek gab noch zehn frische Lorbeerblätter und einen halben Liter Rinderbrühe dazu, bedeckte die Pfanne mit einem Deckel und stellte die Haggismasse für zwei Stunden bei schwacher Flamme auf den Herd. Dann setzte sich Matuschek mit einem Buch auf die Terrasse.

Franziska landete, aus Paris kommend, in Berlin. Die Strecke vom BER bis nach Usedom legte sie in Matuscheks Mini zurück, weil sie kein eigenes Auto mehr besaß. Die Ente, die sie fuhr, als sie Matuschek kennenlernte, hatte in der Corona-Zeit den Geist aufgegeben. Als Franziska bei Anklam die Autobahn verließ, ergoss sich ein sommerlicher Platzregen auf die schnurgerade Landstraße, die von einer prächtigen Allee gesäumt war, deren Bäume das Laub wie ein grünes Festkleid trugen. Franziska lauschte im Radio einem Feature, welches auf beiden Seiten der Oder den Gründen für das Erstarken nationalistischer Strömungen nachging. „In Polen", so ein Soziologieprofessor der Universität Warschau, „ist 2015 eine nationalkonservative Partei an die Regierung gekommen, für die die Idee eines Europas, das Ideen und Interessen bündelt, um gegenüber den USA und China friedlich bestehen zu können, im Widerspruch steht zu einem selbstbewussten, eigenständigen Polen. Die PiS hat die Wahl 2015 nicht in erster Linie mit nationalen Parolen gewonnen, sondern mit sozialen Versprechungen und weil die Vorgängerregierung ihre Macht missbraucht und dadurch Vertrauen in der Bevölkerung verloren hatte. Ihre Wiederwahl 2019 hat sie einer zerstrittenen Opposition und der Tatsache zu verdanken, dass sie die Gerichte und die staatlichen Medien unter ihre Kontrolle gebracht hat. Seither hat sie nationalistisches und europafeindliches Denken verbreitet. Dieses hat es, wie in jedem anderen europäischen Land, auch in Polen gegeben, doch es war bisher niemals mehrheitsfähig." – Die Moderatorin versuchte eine Überleitung: „In Deutschland ist keine nationalkonservative Regierung am Ruder, sondern eine rot-gelb-grüne Koalition. Auch hier sind nationalistische Strömungen im Aufwind. Sie sammeln sich in der sogenannten „Alternative für Deutschland". Woher kommt das? Hat eine wachsende Zahl von Menschen den Eindruck, dass nach der Finanz– und der Euro-Krise, welche „die da oben" gerade noch in den Griff bekommen haben, nun zwei nächste, von Menschen gemachte Krisen entstanden sind, die Klima– und die Flüchtlingskrise, deren Herausforderungen zu spät angegangen wurden und die uns nun über den Kopf zu wachsen scheinen? Vom Krieg in der Ukraine ganz zu schweigen. Hierzu empfiehlt die Rechte, Putin zu geben, was er will und stellt die liberalen Demokratien als Kriegstreiber hin."

Franziska sah das Reh, das von rechts auf die Straße sprang, zu spät, bremste scharf, konnte einen Zusammenprall verhindern, kam auf der nassen Straße jedoch ins Schleudern, sah in Bruchteilen von Sekunden mal links, mal rechts die alten Bäume bedrohlich näherkommen, die stärker waren als ein kleines Auto und klammerte sich am Lenkrad fest, als wäre es ihre einzige Rettung. Schließlich blieb das Auto stehen. Sie war weit und breit allein auf der Straße, vom Reh keine Spur. Wie in Trance fuhr sie ein paar Kilometer weiter, bis sie merkte, dass sie in der falschen Richtung unterwegs war. Im nächsten Dorf hielt sie an und wartete, bis ihre Hände nicht mehr zitterten. Dann drehte sie auf der Straße und fuhr weiter Richtung Usedom.

Matuschek entnahm der Haggismasse ein paar Kellen voll, fischte die Lorbeerblätter heraus und pürierte sie so lange, bis sie eine sämige Konsistenz angenommen hatte. Dann rührte er die Portion wieder in den Topf. Während der Zeit, die die Haferflocken benötigten, um im Backofen golden geröstet zu werden, schälte er die Steckrüben und schnitt sie in kleine Stücke. Die Pellkartoffeln standen bereits auf dem Ofen bereit. Matuschek schüttete die Haferflocken vom Backblech in den Kochtopf und band sie mit der restlichen Brühe in den Haggis.

Das Essen köchelte auf schwacher Flamme unter gelegentlichem Umrühren so lange vor sich hin, bis die *neeps and tatties* gar waren. Matuschek legte die Schürze ab und begann den Tisch zu decken.

Als die Zeit gekommen war und der Haggis die perfekte Konsistenz eines Fleischeintopfes erreicht hatte, schmeckte Matuschek das Gericht mit einem Schuss Whisky, ein paar Fingerspitzen fein geriebener Orangen– und Zitronenschale und zwei Esslöffeln Worcestershire-Sauce ab.

"Das Essen ist fertig!", rief Matuschek in die Wohnung hinein. "Wow!", entfuhr es ihm, als er Franziska sah. "Hast du eine Verabredung?"

Als Franziska in seiner Wohnung angekommen war, war sie mit einem flüchtigen Lächeln an ihm vorbeigestürmt und behauptete, sich nur kurz frisch machen zu wollen. Stattdessen zog sie sich komplett um, trug nun eine Anzughose und Blazer und hatte sich die kurzen Haare frisch gelegt, als käme sie geradewegs aus dem Frisiersalon.

„*Slàinte mhath!*", prostete Matuschek ihr mit dem Wasserglas zu.

„*Slàinte mhath!*", antwortete Franziska. „Wir wunderbar es ist, von dir empfangen zu werden. Nach dem Essen muss ich dir erzählen, was ich auf der Rückfahrt erlebt habe."

„Hast du gut geschlafen, Liebste?", fragte Matuschek.

Franziska saß mit einer Tasse dampfenden Tees auf der Terrasse, als Matuschek vom Strand zurückkam.

„O ja, es geht mir viel besser."

Matuschek lächelte und gab ihr einen Kuss auf die Stirn.

„Ich sagte soeben, dass es mir besser geht", wiederholte Franziska.

Matuschek sah sie überrascht an.

„Das bedeutet, wenn du mich küsst, musst du es nicht tun wie ein Vater seine Tochter küsst oder ein Bruder seine Schwester."

„Aha", sagte Matuschek und küsste sie ein zweites Mal.

„Ist es so besser, Frau Schriftstellerin?", flüsterte Matuschek.

„Viel besser, Herr Kommissar", hauchte Franziska zurück. Sie würde ihn bis auf alle Ewigkeit mit dem Titel necken, weil sie sich an jenem Abend, an dem sie sich zum ersten Mal begegnet waren, so angeredet hatten.

Am nächsten Morgen eröffnete Matuschek seiner Freundin, dass er im September für zwei Wochen Urlaub nehmen könne.

„Wir können auf Menorca oder Formentera reisen. Dort ist es Ende September nicht mehr so heiß und weniger überlaufen als im Hochsommer."

„Ende September, sagst du", erwiderte Franziska. „Wann genau?"

„Die gesamte zweite Hälfte."

„Oh", machte Franziska. „Da bin ich in Schottland, auf Lesereise. Du kannst gern mitkommen."

„Schon wieder?", entgegnete Matuschek mit unverhohlener Enttäuschung in der Stimme.

Franziska zog die Augenbrauen hoch und sah ihn an, als wollte sie sagen: Das gehört zu meinem Beruf dazu.

„Wann bist du wieder zurück?"

„Am 1. Oktober."

„Ich kann fragen, ob ich meinen Urlaub um zwei Wochen verschieben kann."

„Es wäre schön, wenn ich mich nach der Reise ein paar Tage ausruhen könnte."

Jetzt war es an Matuschek, sie verwundert anzusehen. Als ob der Urlaub mit ihm nicht Erholung pur wäre.

„Ich meine, einfach ein paar Tage zu Hause abzuhängen", versuchte Franziska zu erklären. „Und mit mir selbst allein sein."

„Mal sehen, ob mein Chef mir eine Woche anbieten kann, die der berühmten Schriftstellerin genehm ist und in der es noch ein Eckchen in Spanien gibt, in dem noch nicht alle Bürgersteige hochgeklappt sind, weil die Saison schon vorbei ist."

Franziska machte Anstalten, ihn zu umarmen, doch Matuschek wehrte ab.

„Vielleicht später", brummte er. „Jetzt nehme ich mir eine Auszeit, am Meer, wie du weißt."

1. Kapitel: Eine Frau stürzt die Kellertreppe herunter und die Ereignisse nehmen ihren Lauf

Ein schlichtes Reihenhaus in Frankfurt (Oder), mit einem spartanischen Vorgarten, bestehend aus einem Rhododendron, einem handtuchgroßen Rasen und einem Zäunchen, das gerade dazu geeignet ist, einen Hund von der Größe eines Pudels davon abzuhalten, auf den Rasen zu pinkeln. Die Inneneinrichtung ist in die Jahre gekommen wie seine Bewohner, ein Ehepaar, das zwei erwachsene Kinder hat, die die seltenen Gäste aus ein paar Bilderrahmen anlächeln. Bloß Fotos von Enkelkindern sucht man in der Wohnung vergebens.

Rudolf und Angelika Borkowski saßen am Tisch, der mit weißen Deckchen und einem mit Halbedelsteinen gefüllten Schälchen geschmückt war. Angelika tat ihrem Mann ein Schnitzel auf und ließ eine sämige Soße darüber laufen, dazu kleine Kartoffeln und etwas Gemüse. Rudolf lief das Wasser im Munde zusammen. Er hätte statt Wein zwar lieber ein Bier zum Essen getrunken, doch war er des lieben Friedens willens zu Kompromissen bereit. Allein hätte sie schließlich eine Woche an einer Flasche getrunken.

„Schmeckt es dir?", wollte die Ehefrau wissen.

„Sehr gut", gab der Mann zurück. „Es ist Kalbsfleisch, nicht wahr?"

„Falsch geraten", erwiderte sie mit einem verschmitzten Lächeln.

„Also doch ein Schweinefilet", sagte er. „Das muss ja ziemlich teuer gewesen sein, wenn es so zart ist."

Angelikas Lächeln nahm einen triumphierenden Ausdruck an.

„Es ist gar kein Fleisch", sagte sie, „sondern ein Tofu-Schnitzel."

Rudolf hörte auf zu kauen und würgte den Bissen herunter.

„Tofu", sagte er mit einem gequälten Gesichtsausdruck. „Du weißt doch, dass ich das Zeugs nicht mag."

„Gerade eben hast du zugegeben, dass es dir schmeckt", entgegnete seine Ehefrau.

„Trotzdem möchte ich es nicht essen."

„Wie kann man etwas nicht essen wollen, das gesund ist und gut schmeckt?", wunderte sich Angelika.

„Es geht ums Prinzip", beharrte der Mann und schob den Teller von sich, obwohl er noch Hunger hatte und zumindest die Kartoffeln hätte essen können.

„Was war das nochmal für ein Prinzip?", fragte seine Ehefrau schnippisch.

„Es geht um die Tradition. Ein Fleischschnitzel am Wochenende ist eine gute deutsche Tradition und es geht darum, die heimische Wirtschaft zu unterstützen und nicht eine ausländische. Tofu kommt, soweit ich weiß, aus Asien."

„Dagegen gibt es andere Gründe, die für Tofu sprechen", erwiderte Angelika. „Es ist nicht nur gesünder, sondern auch preisgünstiger und es hat trotz des Transportes eine bessere Klimabilanz als die einheimische Viehzucht."

Sie hatten geplant, nach dem Mittagessen in die Stadt fahren, an der Oder spazieren zu gehen und einen Kaffee zu trinken.

„Weißt du, wo meine Autoschlüssel sind?", fragte er seine Frau.

„Ach, lass das Auto besser stehen. Wir fahren zusammen mit der Straßenbahn, dem Klima zu Liebe."

„Jetzt reicht es mir aber langsam, Angelika!", schimpfte Rudolf. „Erst verweigerst du mir mein Schnitzel und jetzt soll ich auch noch auf mein Auto verzichten."

„Wer sagt denn, dass du vollständig auf deinen Wagen verzichten sollst? Obwohl deine Reaktionsfähigkeit nachlässt und es gewiss sicherer wäre. Aber auf Kurzstrecken ist es ökologisch klüger, den öffentlichen Personennahverkehr zu nutzen. Ganz nebenbei unterstützt du damit auch die heimische Wirtschaft, die städtischen Verkehrsbetriebe."

Rudolf Borkowski kochte. Jetzt schlug ihn seine Frau schon mit seinen eigenen Argumenten! Seit Robert Habeck, der Obergrüne, an dem sie wohl einen Narren gefressen hatte, Minister und Vizekanzler war, war sie von Monat zu Monat zu einer immer verbisseneren Klimaschützerin geworden.

„Entweder ist das Klima sowieso schon im Arsch, ganz egal, ob ich Auto fahre oder nicht, oder die Grünen übertreiben maßlos und alles wird sich wieder einrenken."

„Das glaubst du doch wohl selbst nicht!", mokierte sich seine Frau.

Wenn er ehrlich gewesen wäre, hätte er ihr zustimmen müssen.

„Es geht ums Prinzip!", setzte sie noch einen drauf.

„Du weißt, wo die Schlüssel sind, nicht wahr?", zischte er zwischen den Zähnen hervor.

„Ja", gab sie kleinlaut zu und nahm sie aus einer Schublade ihres Nachttischchens.

„Du hast sie vor mir versteckt."

Er fuhr allein in die Stadt und hätte aus lauter Wut und Unachtsamkeit beim Rechtsabbiegen beinahe eine alte Frau angefahren, die sich, auf ihren Rollator gestützt, einen Weg über die Straße bahnte. Er brachte seinen Wagen eine Handbreit vor ihr zum Stehen. Die alte Frau starrte ihn entgeistert an. Natürlich wäre es angemessen gewesen, aus dem Wagen zu steigen und die Frau in aller Form um Entschuldigung zu bitten. Doch das brachte er nicht über sich, so sehr brodelte es in ihm. Die alte Frau schüttelte stumm den Kopf und ging ihres Wegs.

Rudolf Borkowski parkte sein Auto am Holzmarkt. Er entschied sich für einen kurzen Abstecher auf die Insel Ziegenwerder. Hinter einer sanften Biegung des Uferwegs hielt er inne. Das gleichmäßig dem Meer entgegenstrebende Wasser der Oder, die Allee mit lauter rundlichen Bäumen auf dem Hochwasserschutzdeich auf der polnischen Seite und darüber der blaue Himmel, über dem Wolken unterschiedlicher Form und Größe hingen -- das alles sah aus wie ein Gemälde, von meisterlicher Hand auf Leinwand gebannt. Er war drauf und dran, ein Stückchen vom Frieden zu finden, vielleicht noch nicht mit seiner Frau, die seine Autoschlüssel versteckt hatte, so doch zumindest mit dem Tofuschnitzel, das ja wirklich nicht schlecht schmeckte. Wenn es im Preis auch noch günstiger war und pflanzliches Eiweiß und Fette statt der tierischen enthielt, würde er sich damit abfinden können. Er musste es ja nicht gleich seinen Freunden auf die Nase binden, die würden ihn auslachen dafür.

Als er zurück am Holzmarkt war und sich hinter das Steuer seines Wagens setzte, war es um seinen Seelenfrieden wieder geschehen. Unter dem Scheibenwischer klemmte ein Strafzettel. Er schimpfte und fluchte, zerriss den Zettel in unendlich kleine Stücke und warf sie unter den vorwurfsvollen Blicken der Passanten in den Fluss. Er wusste, dass an dieser Stelle das Parken auf dem Kopfsteinpflaster verboten war, doch dass sich die Stadt erdreistete, an einem Samstagnachmittag ihre Fuzzis vom Ordnungsamt durch die Straßen streunen zu lassen, das schlug doch dem Fass den Boden aus!

„Das haben wir der neuen Amtsleiterin zu verdanken, die hinter jedem Cent her ist, den sie der Stadtkasse einverleiben kann!", zischte er in die Luft.

Als er seinen Wagen, eine in die Jahre gekommene, silberfarbene C-Klasse, mit quietschenden Reifen (Ha! und ich soll nicht mehr Auto fahren können!) auf der Garagenauffahrt zum Stehen brachte, dachte er bei sich: Wenn heute noch eine winzige Kleinigkeit passiert, noch eine einzige Bevormundung, irgend so `n Ökoscheiß, dann, ja dann… .

Am frühen Abend zupfte Angelika hingebungsvoll das Unkraut aus den Gemüse– und Kräuterbeeten, die in den letzten zwei Jahren, seit die grünen Weltverbesserer mit an der Regierung waren, den halben Garten in Beschlag nahmen. Es fehlte bloß noch, dass seine Frau Soja anbaute, um den verdammten Tofu selbst herstellen zu können. Rudolf fiel es schwer, sich auf das Zeitunglesen zu konzentrieren. Als Angelika aus dem Garten ins Haus trat, kam sie in Begleitung einer Zwiebel, einer Handvoll Radieschen und einiger Halme Schnittlauch und würdigte ihn keines Blickes.

„Wann essen wir heute zu Abend?", fragte er um kurz vor sieben, als seine Frau immer noch keine Anstalten machte, den Tisch zu decken. Stattdessen saß sie in aller Ruhe im Ohrensessel, den sie von ihrer Tochter zu Weihnachten geschenkt bekommen hatte, und schmökerte in einem Roman.

„Heute macht sich jeder selbst etwas. Im Kühlschrank ist noch ein Rest vom Tartar und eine Zwiebel habe ich dir auf den Tisch gelegt."

„Das kann doch wirklich nicht wahr sein!", murmelte er vor sich hin, laut genug, damit Angelika es verstand.

„Was? Dass du dir dein Tartar mit Zwiebeln, das mich schon mein ganzes Leben anekelt, selbst zubereitest?"

Sie erhob sich aus dem Sessel und baute sich vor ihm auf, die Hände in die Hüften gestemmt.

„Das ist erst der Anfang, mein Lieber! Ab morgen kannst du dir dein Fleisch selbst einkaufen. Zeit genug hast du ja. Wir werden ein Haushaltsbuch führen und dann werden wir ja sehen, wer von uns beiden die Haushaltskasse mehr belastet."

Rudolf hatte es die Sprache verschlagen. Angelika schickte sich an, einen Quark zuzubereiten mit kleingehacktem Schnittlauch und Radieschen, die sie in dünne Scheibchen schnitt. Als sie sich auf den Weg in den Keller machte, um den Topf mit eingelegten Gurken heraufzuholen, stand Rudolf ebenso auf. Die Gästetoilette lag in derselben Richtung. Rudolf fühlte sich ohnmächtig vor Wut, durch seinen Kopf zuckten die wildesten Gedanken. Angelika blieb an der Kellertreppe stehen, wechselte die Tupperschüssel von einer Hand in die andere, um den Lichtschalter zu betätigen. Rudolf stand direkt hinter ihr, als die den Fuß auf die erste Stufe setzte, auf der eine Fliese locker war. Plötzlich kam sie ins Stolpern, verlor den Halt und stürzte die Treppe hinab und blieb ganz unten reglos liegen.

2. Kapitel: Im Anger wird Boules gespielt und die Welt neu geordnet

11. Juli 2023

Der Anger wurde früher als Exerzier– und Sportplatz und als Zirkusfeld genutzt. Seit fast hundert Jahren ist er ein Park, der von zwei Lindenalleen eingerahmt wird, dessen Herzstück ein Rosengarten ist und zu dem ein Kinderspielplatz und ein Brunnen gehören, seit 1947 auch ein Ehrenmal für die gefallenen Soldaten der Roten Armee. Im Sommer finden hier manchmal Freiluftkonzerte mit viertausend Besuchern statt. Auf einer Kiesfläche zwischen Ehrenmal und Rosengarten, auf der ein paar Wege zusammenlaufen, steht eine Tafel, auf der die Regeln des Boules-Spiels erläutert werden. Hier treffen sich jeden Dienstagnachmittag um die zwanzig, vorwiegend ältere Herrschaften zwischen sechzig und achtzig, um die Metallkugeln gegeneinanderschlagen zu lassen. Vier von ihnen haben eine Mission. Sie schwärmen jede Woche zu zweit aus, um alle anderen zu besiegen. Am Ende, wenn alle anderen gegangen sind, spielen sie untereinander den Wochenmeister aus.

Lutz Schütze, der Malermeister und Großvater von vier braven Enkeln. „Durch die Bank gute Kinderstube", wie er nicht müde wird zu betonen. „Denn von nichts kommt nichts!" Hat in seinem Haus ein Geheimnis versteckt, von dem niemand weiß.

Udo Freiberg, der pensionierte Versicherungsmakler, der am Ende des Tages notfalls sogar darüber hinwegsehen könnte, dass Deutschland dank der Ampelkoalition allmählich vor die Hunde geht, wenn da nicht sein linker Nachbar wäre, der den ganzen Sommer hindurch in seinem Garten Krach macht und dessen Brombeergestrüpp ständig zu ihm herüberwuchert.

Klaus Schmidt ist einer der Wortführer des sogenannten „Montagsspaziergangs für Frieden und Freiheit": „Nach der Schule bin ich zur NVA gegangen und wurde bald zum Offizier befördert. Dann kam plötzlich die Wende und ich war von heute auf morgen ein Niemand."

Die drei waren wie immer die Ersten auf dem Boules-Platz. Schließlich kam noch Rudolf Borkowski hinzu, dessen Frau am Samstagabend an den Folgen eines Sturzes auf der Kellertreppe verstorben war. „Heute brauche ich ein paar ordentliche Kugeln, um wenigstens ein bisschen auf andere Gedanken zu kommen."

„Mein herzliches Beileid, Rudi", sagte Udo und griff freundschaftlich nach seinem Arm.

Klaus, der normalerweise nie um ein Wort verlegen war, drückte ihm nur stumm die Hand, während Lutz wissen wollte, wie das bloß passieren konnte: „Es gab doch keine Frau in ihrem Alter, die fitter war als deine Angelika."

„Eine Fliese war locker", gab Rudolf mit belegter Stimme zu. „Ich hätte sie schon längst ersetzen oder wieder festkleben sollen. Sie hat nicht aufgepasst und ist darauf ausgerutscht. Dann muss sie ganz unglücklich gestürzt und mit dem Kopf gegen die Mauer geprallt sein."

„Das ist ja schrecklich, mein Lieber", erwiderte Lutz. „Heute darfst du entscheiden, mit wem du spielst."

„Lass uns ein Team bilden, Lutz", seufzte Rudolf.

„Es wird mir eine Ehre sein. Wir machen sie heute alle fertig."

„Bis auf das letzte Spiel", widersprach Udo. „Da haben Klaus und ich auch noch ein Wörtchen mitzureden."

Lutz und Rudolf, Klaus und Udo gewannen alle Partien und rauchten am Ende wie gewöhnlich eine stinknormale Filterzigarette, bevor sie ihr eigenes Spiel begannen.

„Bis gestern glaubte ich", begann Klaus, „die Holländer hätten die Zeichen der Zeit verstanden. Jetzt hat die Regierung das Handtuch geschmissen. Es wird Neuwahlen geben, weil sich die Konservativen nicht mit den Linken darauf verständigen konnte, den Familiennachzug für Flüchtlinge zu begrenzen."

„Dabei weiß jedes Kind, dass genau das ihre Masche ist!", eiferte sich Udo. „Der Mann kratzt ein paar tausend Dollar zusammen und schlägt sich nach Europa durch. Dann holt er seine Frau und die ganze Brut hinterher und sie bekommen das investierte Geld doppelt und dreifach zurück, weil unser Sozialstaat ja ach so großzügig ist. Das wird alles von unseren Steuern bezahlt und denen in den Rachen geworfen!"

Lutz zermalmte den Zigarettenstummel unter seinem Fuß.

„Los geht's! Lass uns spielen!"

Lutz traf fast jede Kugel nach Belieben und zog Rudolf mit, der müde war und mit den Gedanken woanders.

„Ich habe gelesen", sagte Rudolf, „dass Flüchtlinge in Spanien nur ein Jahr lang Geld vom Staat bekommen. Bis dahin müssen sie eine Arbeit gefunden haben, um sich und ihre Familie zu ernähren. Warum kann es bei uns nicht genauso laufen? Arbeit gibt es mehr als genug."

„Weil bei uns die Sozis an der Regierung sind", behauptete Lutz. „Wenn immer mehr Deutsche rechts wählen, wird ein CDU-Kanzler in zwei Jahren nicht mehr umhinkommen, neue Migration zu stoppen und eine konsequente Remigration einzuleiten."

„Ist es nicht genial, dieses Wort?", schwärmte Klaus. „Remigration! Es sickert in die Köpfe wie ein süßes Gift."

Rudolf setzte eine Kugel nach der anderen in den Sand und machte einmal sogar mit dem letzten Wurf einen sichergeglaubten Punkt zunichte, indem er Lutzens Kugel zur Seite schob. Am Ende wusste Rudolf nicht einmal mehr, wie das Spiel ausgegangen war.

„Geh nach Hause, Rudi", sagte Lutz mit väterlichem Unterton. „Kipp dir ordentlich einen hinter die Binde und schlaf dich gründlich aus. Morgen sieht die Welt schon wieder anders aus, du wirst sehen."

3. Kapitel: Petra Schumacher ermittelt bei den Borkowskis

12. Juli 2023

Am Mittwochmorgen klingelte es an Rudolf Borkowskis Haustür. Er stellte die leere Kaffeetasse neben der Maschine ab und schlurfte durch den Flur. Er rechnete mit einer Nachbarin, die um ein Stück Butter oder einen Becher Zucker bat.

„Guten Morgen, mein Name ist Petra Schumacher, Kriminalpolizei. Sie sind Herr Borkowski Rudolf, habe ich Recht?"

„Ja, der bin ich."

„Ich möchte Ihnen ein paar Fragen stellen. Es geht um den Tod Ihrer Frau."

„Wenn's sein muss."

„Darf ich reinkommen?"

„Bitteschön."

„Mein herzliches Beileid, Herr Borkowski", sagte Petra Schumacher, als sie im Wohnzimmer stand. Rudolf wies ihr den Sessel zu, auf dem noch vor vier Tagen Angelika gesessen hatte. Er ging in die Küche, um sich endlich eine Tasse Kaffee einzugießen.

„Es ist eine reine Routinemaßnahme, Herr Borkowski. Wir sind angehalten zu bestätigen, dass es sich bei dem Tod Ihrer Frau um einen Unfall handelte. War an jenem Abend außer Ihnen und Ihrer Frau noch jemand anderes im Haus?"

Borkowski schüttelte den Kopf.

„Können Sie den Hergang der Ereignisse bitte noch einmal schildern?"

„Meine Frau bereitete in der Küche das Abendessen vor. Dann ging sie zur Treppe, wahrscheinlich wollte sie eingelegte Gurken aus dem Keller holen."

„Wo waren Sie, als Ihre Frau sich anschickte, in den Keller zu gehen?"

„Ich saß dort, wo ich jetzt auch sitze und habe Zeitung gelesen."

„Was haben Sie gesehen?"

„Ich sah, wie sie den Lichtschalter betätigte und auf die erste Stufe trat. Dann verschwand sie und ich hörte, wie sie die Treppe herunterfiel."

„Hat sie etwas gerufen, geschrien?"

„Daran kann ich mich nicht erinnern."

„Was geschah dann?"

„Ich bin aufgestanden und zur Treppe gegangen. Sie lag unten und rührte sich nicht. Ich rief ihren Namen, aber sie gab keine Antwort. Da habe ich den Rettungswagen gerufen."

„Was haben Sie gemacht, während Sie auf das Eintreffen der Sanitäter warteten?"

„Ich saß hier auf dem Sessel."

„Sie sind nicht zu Ihrer Frau gegangen?"

„Nein. Ich wusste nicht, wie ich ihr hätte helfen können."

Petra Schumacher stand auf und zog ein paar schwarze Handschuhe aus der Hosentasche. Es waren nur ein paar Schritte bis zur Kellertreppe, deren Eingang von Borkowskis Sessel gut einsehbar war. Petra Schumacher schaltete das Licht an und sah die fehlende Fliese auf der ersten Stufe.

„War die Fliese schon vorher locker?", fragte sie.

„Ja."

„Seit wann?"

„Ein paar Wochen schon."

„Wusste Ihre Frau davon?"

„Ja, sie hatte mich gebeten, sie wieder anzukleben."

„Es sieht so aus, als wäre sie auf der losen Fliese ausgerutscht und hätte dann den Halt verloren", sagte Petra Schumacher. „Es gibt ja auch kein Geländer, an dem man sich festhalten kann."

Sie ging die Treppe hinunter und fand am Ende die zerbrochene Fliese. Daneben waren die Fugen zwischen den Kacheln dunkler als einen Meter weiter. Es sah aus, als wäre an dieser Stelle das Blut aus der Wunde am Kopf von Frau Borkowski auf den Boden gesickert. Der Notarzt hatte zu Protokoll gegeben, dass die Frau bereits tot war, als sie eintrafen.

„Herr Borkowski?"

Er erschien oben am Treppenabsatz.

„Warum haben Sie das Blut abgewaschen, die zerbrochene Fliese aber hier liegenlassen?"

„Es hat mir niemand gesagt, dass ich das Blut nicht entfernen darf."

„Das kann sein. Doch warum haben Sie die Fliese nicht auch beseitigt?"

„Sie erinnert mich daran, dass ich mitschuldig bin an ihrem Tod."

„War es das erste Mal, dass sie die Treppe nutzte, nachdem Ihnen die schadhafte Fliese aufgefallen war?"

„Nein."

„Wie oft ist sie die Treppe hinuntergegangen, ohne dass sie gestolpert ist?"

„Weiß nicht, zehnmal vielleicht."

„Wann ist der Unfall passiert?"

„Samstagabend, gegen halb acht."

„War seither außer den Sanitätern jemand im Haus?"

„Unsere Kinder. Sie kamen am Sonntag."

„Ich brauche ihre Namen und Adressen."

Rudolf Borkowski ging ins Wohnzimmer zurück, um sie aufzuschreiben.

Annette Borkowski wohnte in Fürstenberg, einem Stadtteil von Eisenhüttenstadt, der an der Oder lag.

„Wann hat Ihr Vater Sie über den Tod Ihrer Mutter informiert?", fragte Petra Schumacher.

„Er rief Sonntagmorgen an, gegen neun Uhr."

„Was hat er gesagt?"

„Dass Mutti auf der Kellertreppe gestolpert sei, weil er die Fliese immer noch nicht wieder befestigt hatte."

„Wussten Sie von der Fliese?", unterbrach Petra Schumacher.

„Sie hatten bei einem Sonntagsmittagessen darüber gesprochen."

„Welchen Eindruck machte Ihr Vater auf Sie am Telefon?"

„Er war niedergeschlagen. Und er machte sich Vorwürfe wegen der Fliese."

„War er verzweifelt oder eher gefasst?"

Annette Borkowski musste nicht lange über eine Antwort nachdenken.

„Er hat nicht geweint. Vater ist grundsätzlich ein Mensch, der seine Gefühle unter Kontrolle hat. Ich habe ihn niemals weinen sehen."

„Haben Sie Ihren Vater einmal wütend erlebt?"

„Ja, als mein Bruder und ich klein waren und uns gestritten haben. Oder wenn etwas in der Wohnung zu Bruch ging."

„Gab es Momente, wo Ihr Vater wütend auf seine Frau war?"

„Sie haben sich gestritten", erwiderte die Tochter. „Meist über Politik, in den letzten zwei Jahren, seit die Ampel an der Regierung ist. Doch es Wut zu nennen, wäre zu hoch gegriffen."

„Worum ging es bei den politischen Auseinandersetzungen?"

„Meine Mutter war eine Anhängerin der Grünen. Sie war der Auffassung, dass die Konservativen 30 Jahre lang Maßnahmen gegen den Klimawandel blockiert hätten und dass die Grünen nun die Aufgabe hätten zu retten, was noch zu retten ist."

„Und Ihr Vater?"

„Er leugnet den Klimawandel nicht, aber er ist prinzipiell gegen Verbote. Und er glaubt, dass die Grünen aus politischem Interesse Panik streuen und für die Klimakleber und andere Auswüchse verantwortlich wären."

„Können Sie sich vorstellen", fragte Petra Schumacher unverblümt, „dass es kein Unfall war, sondern dass Ihr

Vater Ihre Mutter aus Ärger über ihre Verbohrtheit und vielleicht sogar aus Wut über Vorwürfe, die sie an ihn persönlich richtete, die Treppe hinuntergestoßen hat?"

„Nein, auf keinen Fall", antwortete Annette Borkowski entschieden. „Wie kommen Sie darauf? Haben Sie dafür irgendwelche Anhaltspunkte gefunden?"

„Nicht direkt", entgegnete die Kriminalkommissarin. „Es ist nur so, die inneren Kopfverletzungen, die zum Tod Ihrer Mutter führten sowie die Prellungen an Armen, Rumpf und Beinen sind massiv. Das deutet auf eine höhere Geschwindigkeit des Sturzes und des Aufpralls hin. Dieses spricht eher für einen kräftigen Stoß als für ein Stolpern aus eigener Unachtsamkeit."

Die Tochter hielt erschrocken eine Hand vor den Mund.

„Andererseits", schränkte Petra Schumacher ein, „sind auf der Treppe und an den Wänden keinerlei Blutspuren zu finden. Erst auf dem Boden, dort wo ihr Kopf lag, befand sich eine Blutlache, die Ihr Vater, so gut es ging, entfernt hat. Vom Beton der Wände und der Stufen wäre das kaum möglich gewesen, ohne Spuren zu hinterlassen. Dieser Umstand spricht dafür, dass sie im Sturz das Bewusstsein verlor, sehr unglücklich fiel und sich erst am Ende der Treppe den Kopf aufschlug. Für diesen Hergang reicht auch ein Sturz ohne Fremdeinwirkung aus."

„Mein Gott!", entfuhr es Annette Borkowski. „Wie schrecklich, das zu hören."

Petra Schumacher legte eine Visitenkarte auf das Wohnzimmertischchen.

„Bitte rufen Sie mich an, wenn Ihnen noch etwas ein-

fällt, Frau Borkowski. Darf ich Sie fragen, was Sie beruflich machen?"

„Ich arbeite in einer leitenden Funktion bei Arcelor Mittal, in der Logistik."

„Und Ihr Bruder?"

„Ist Lehrer, am Gymnasium in Beeskow."

„Wie kann ich ihn erreichen? Ich habe bisher lediglich
den Anrufbeantworter gehört."

„Er ist mit seiner Frau im Urlaub in Schottland."

„Ist nicht heute erst der letzte Schultag gewesen?", fragte Petra Schumacher verwundert.

„Das ist richtig. Er war schon zwei Wochen lang krank-
geschrieben. Er hat sich den Arm gebrochen, beim Fußballspielen auf dem Schulhof."

Ein gebrochener Arm, dachte Petra Schumacher beim
Hinausgehen, das ist es, was anderen Menschen passiert,
wenn sie auf der Kellertreppe stolpern.

4. Kapitel: Sandra organisiert ein Konzert, erhält eine Morddrohung und gibt einem Haufen Mädchen Fußballtraining

Sandra fläzte wie der Pascha von Konstantinopel auf dem fetten, alten, olivgrünen Filzsofa, mit einer Cola in der Hand und hatte die Augen geschlossen. Eine Fliege machte es sich auf ihrer Hand bequem, Sandra zuckte nicht einmal mit der Wimper. Mit einem Mal sprang die Tür auf, Olli stand mitten im Raum und starrte Sandra fassungslos an.

„Mach die Tür zu, es zieht", brummte Sandra.

„Hier ist ja noch gar nichts vorbereitet", erwiderte Olli vorwurfsvoll und schloss geräuschvoll die Tür.

„Ist ja auch noch zwei Stunden Zeit", entgegnete Sandra gelangweilt, ohne sich die Mühe zu machen, die Augen zu öffnen.

„Wenn du denkst, dass ich das alles allein mache, hast du dich geschnitten."

„Mach dir keine Sorgen."

„Doch, mache ich mir aber!"

Sandra erhob sich mühsam aus dem Sessel, als wäre sie nicht 28, sondern 82, und stellte die Cola ab.

„Nimm dir was zu trinken aus dem Kühlschrank. Du hast eine Pause verdient."

„Ich brauche keine Pause. Außerdem habe ich in meinem Café selbst genug zu trinken. Ich will von dir wissen, wie du es schaffen willst, dass ich hier in einer halben Stunde mein Catering aufbauen kann."

Sandra schlurfte durch den Bühnenraum in die Back-stage-Räume. Olli hörte, wie sie jemanden anschnauzte. Kurze Zeit später kam sie in Begleitung von zwei Mädchen zurück, die Olli schon einmal bei Sandras Training gesehen hatte. Die Mädchen sahen aus, als hätten sie vor einer Minute noch tief und fest geschlafen.

„Also Mädels, ran an die Arbeit. Olli kommt in einer halben Stunde mit seinem Zeugs hier an."

„Was sollen wir tun?"

Sandra stand breitbeinig vor ihnen und seufzte:

„Das ist jetzt nicht euer Ernst, oder?"

„*Come on*, Lenchen", beeilte sich Isabel zu versichern, „wir machen einfach, was sie uns hat gesagt gestern."

Sandra nickte zufrieden. Olli zog von dannen und Sandra schlurfte in ihr Büro.

Als Olli kurz darauf mit seinem alten Mercedes Kombi anrollte, der wahlweise als Familienkutsche oder Lieferwagen diente, halfen ihm Lena und Isabel, zwei Suppenkessel, Geschirr und tausend Platten mit Häppchen und Schnittchen vom Hof in das kleine Theaterfoyer zu schleppen und appetitlich herzurichten. Sandra verließ ihr Büro auch dann noch nicht, als die Musiker sich auf der Bühne einzuspielen begannen, sondern erst, als die ersten Gäste eintrafen. Olli war wie immer gestresst, Sandra beorderte Lena an die Theke und Isabel zu Olli, während sie von einem Gast zum nächsten ging. Sie begrüßte Julia mit Wangenküsschen und Tomek mit einem kräftigen Schlag auf den muskulösen Rücken.

„Hab' dir was mitgebracht", sagte Tomek und drückte ihr einen Flyer in die Hand.

„Was ist das?"

„Wir brauchen Leute", entgegnete Tomek anstelle einer Antwort. „Quereinsteiger bis zur Vollendung des 30. Lebensjahres."

„Ich bei der Polizei?", rief Sandra so laut, dass es die Umherstehenden mitbekamen und ihrerseits belustigt und verwundert reagierten.

„Du könntest eine hervorragende Polizistin werden", pflichtete Julia bei. „Direkt, unbestechlich, maßvoll."

„Ich glaube eher, es hieße, den Bock zum Gärtner zu machen", erwiderte Sandra.

„Bei Julia hat es auch geklappt", sagte Tomek und lehnte sich weit aus dem Fenster.

Doch Julia lachte und legte Sandra eine Hand auf den Arm. Sandra griff zu und es sah aus, als würden sie miteinander ringen. Dann lagen sie sich in den Armen.

„Ach und wer soll sich dann um das hier kümmern und um all die verborgenen Fußballtalente in der Stadt?", rief Sandra.

„Deinen Trainerinnenjob kannst du nach der Arbeit weiterhin ausüben", entgegnete Tomek.

„Na, ick weeß ja nich, ob mich die Polizeiarbeit nicht dermaßen schlauchen würde, dass ick dann am Abend nur noch die Beine hochlege und nix weiter."

„Hast du die beiden Mädchen hier in der KuFa engagiert?", fragte Julia, um das Thema zu wechseln.

„Die wohnen sogar hier", bestätigte Sandra stolz.

„Wie kommt das denn?" Julia machte große Augen.

„Isabel kommt aus dem Kamerun. Sie hat es allein hierhergeschafft, was ein kleines Wunder ist. Sie hatte mehr

Glück als Verstand, lauter Engel in Menschengestalt haben ihren Weg gekreuzt."

„Sie sieht aus wie deine jüngere Schwester, nur neben schwarz statt weiß."

„Fußball spielen kann sie auch", grinste Sandra. „Aus der kann noch was werden."

„Und die andere?", fragte Julia weiter.

„Ach Lenchen, die ist völlig durch den Wind, die kann bis auf Weiteres nicht zu Hause bei ihren Eltern wohnen. Gut, dass sie Isabel hat. Sonst wüsste sie überhaupt nicht mehr, wozu sie auf der Welt ist."

„An der Theke kommt sie ganz gut zurecht", stellte Julia fest.

„Nur, wenn Isabel in der Nähe ist."

„Komm mal kurz mit mir", sagte Julia plötzlich und zog Sandra am Arm.

„Das Konzert beginnt gleich", entgegnete Sandra verwundert.

„Ist nur für zwei Minuten."

Draußen auf dem Hof zeigte Julia ihr einen Screen von einem Post auf einer Internetseite.

„Das Verbotsverfahren gegen den Betreiber läuft schon, unter anderem wegen dieses Eintrags."

Sandra las einen Haufen von üblen Beleidigungen und eine Morddrohung, die an Deutlichkeit nichts zu wünschen übrigließ.

„Oha, da hat sich jemand aber richtig ins Zeug gelegt."

„Das darfst du nicht auf die leichte Schulter nehmen", warnte Julia.

„Hunde, die bellen, beißen nicht", entgegnete Sandra.

„Das stimmt meistens, aber nicht immer. Vergiss nicht, dass du nicht allein in der KuFa lebst, du trägst Verantwortung für Minderjährige."

„Nächstes Jahr werden Isabel und Lena achtzehn, dann können sie gehen, wohin sie wollen."

„Der Typ, der diese Einträge verfasst hat, ist nicht der Einzige, der es auf dich abgesehen hat. Wenn wir ihn schnappen, nehmen andere seinen Platz ein."

Sandra seufzte: „Und was soll ich deiner Meinung nach tun?"

„Die KuFa für eine Weile dicht machen und nach London abtauchen. Nimm deine beiden Schützlinge mit."

„Das kommt nicht in Frage!", erwiderte Sandra bestimmt. „Es geht nicht nur um Lena und Isabel, ich trainiere jede Woche über dreißig Mädchen. Die kann ich nicht so einfach im Stich lassen."

In diesem Moment steckte Isabel ihren Kopf aus dem Fenster.

„Sandra, alle warten auf dich!"

„Weißt du", sagte Sandra, „wir passen doch alle aufeinander auf. Wenn Tomek oder du auf Patrouille seid, könnt ihr ja ab und zu hier nach dem Rechten sehen. Ist ja bloß ein Katzensprung."

Sandra umarmte Julia, um sie zu trösten und zu sagen, sie solle sich keine Sorgen machen und dann nahm sie die zehn Stufen mit drei Sprüngen.

„Hey, Melli und Alice! Ein bisschen schneller, wenn ich bitten darf! Pennen könnt ihr in der Nacht, aber nicht auf dem Fußballplatz!"

Sandra verfolgte mit ernster Miene das zweite Probe-training der Neuen. Sie war wochenlang durch alle Grund-schulen der Stadt getingelt, um Mädchen und ihre Eltern für das Fußballspielen zu begeistern.

„Ihre Töchter lernen Teamgeist, Disziplin und Selbst-bewusstsein. Ganz nebenbei leben sie gesünder und fühlen sich wohl in ihrem Körper."

„Was ist mit der Verletzungsgefahr?", fragte ein besorg-ter Vater.

„Lässt sich nicht ausschließen. Bei richtigem Training bleiben schlimmere Verletzungen als blaue Flecken, Prel-lung und Verstauchung jedoch eine seltene Ausnahme. Ich bringe den Mädchen nicht nur bei zu kämpfen, sondern auch achtsam mit sich und anderen umzugehen."

„Es sind noch Kinder", warf eine Mutter ein. „Fußball macht nicht nur Spaß, sondern bringt auch Misserfolge mit sich, die dem Selbstbewusstsein der Kinder einen blei-benden Knacks verpassen können."

„Misserfolge gehören zum Leben dazu", widersprach Sandra. „Mit zehn, elf Jahren sind Ihre Kinder alt genug, das zu wissen und zu lernen, damit umzugehen. Ich tei-le die Mädchen in verschiedene Gruppen ein, nicht nach Leistung, sondern nach Leistungsbereitschaft. Wer ehrgei-zig ist, braucht mehr Wettkampf als eine andere, für die die Freude an der Bewegung und am Zusammenspiel mit anderen im Vordergrund steht. Nach jedem Training ma-chen wir einen Abschlusskreis. Jedes Mädchen soll etwas nennen, was ihm gut gelungen ist und etwas, was es ver-bessern will. Ich stärke die Mädchen in beidem."

Am Wochenende stand für das erste Mädchenteam das

Spitzenspiel an, gegen Fürstenwalde. Es war für Sandra völlig unvorstellbar, das Feld zu räumen und sich irgendwo in Sicherheit zu bringen. Sie glaubte daran, dass jemand, der im Dark Net Morddrohungen ausspie, diese nicht in die Tat umsetzen würde. Gewiss war es möglich, dass jemand anderes sich animiert fühlte, handgreiflich zu werden. Doch letztlich würde sie sich selbst verleugnen, wenn sie klein beigeben und davonlaufen würde.

„Du musst ja nicht für immer verschwinden", schränkte Julia ein. „Nur für eine Weile, ein oder zwei Monate, bis sich das aufgeheizte Klima etwas abgekühlt hat."

„Das wird im Herbst nicht besser sein", widersprach Sandra. „Da verwende ich meine Energie doch lieber darauf zu überlegen, was man sonst noch tun kann, damit die Rechten nicht noch mehr Zulauf bekommen. Du glaubst gar nicht, wie oft ich im Verein Väter und Mütter zurechtweisen muss, die Isabel und andere dunkelhäutige Kinder rassistisch beschimpfen."

5. Kapitel: Gosia, Wiktoria und Sandra in London

Gosia brauchte ein Jahr, um sich in London einzuleben und in ihrem neuen Job soweit zurechtzukommen, dass sie nicht mehr jede Nacht von der Arbeit träumte. Sie biss sich durch, im wahrsten Sinne des Wortes.

„Während Sie schlafen, zermalmen Sie Ihre Zähne", stellte ein Zahnarzt fest, den sie bloß wegen einer Zahnfleischentzündung aufgesucht hatte.

„Was kann ich dagegen tun?", fragte Gosia, eher belustigt als besorgt, denn sie war fest gewillt, sich auch weiterhin durchzubeißen.

„Sie brauchen einen Ausgleich", meinte der sportlich aussehende Zahnarzt.

„Ich gehe regelmäßig ins Fitnessstudio", verteidigte sich Gosia. „Mindestens zweimal in der Woche."

„Ich dachte eher an eine intellektuelle Beschäftigung, die nichts mit Ihrer Arbeit zu tun hat."

Am selben Abend las Gosia einen Artikel über die Londoner Sektion der polnischen Bürgerplattform.

„Ich wusste gar nicht, dass es so etwas gibt", wunderte sich Wiktoria.

„Ich auch nicht", gab Gosia zu.

„Willst du in die Politik gehen, Mama?"

„Gott bewahre! Ich suche lediglich eine ausgleichende Beschäftigung für den Kopf."

„Du solltest mehr lesen, Mama", empfahl Wiktoria. „Am besten auf Englisch."

„Du hast recht, Tochter. Was schlägst du vor?"

„Die Tribute von Panem."

Die polnischen Parlamentswahlen im Oktober 2019 bestätigten die regierende nationalistische Regierung.

„Das ist eine Katastrophe für unser Land!", jammerte Gosia. „In den nächsten vier Jahren wird Kaczyński mit seinen Vasallen Polen in die Steinzeit zurückkatapultieren!"

„Wir müssen etwas dagegen unternehmen", befand Wiktoria. „Lass uns zur *Platforma Obywatelska* gehen."

Bei den monatlichen Treffen gab es stets eine Diskussionsrunde zu einem politischen Thema, die meist von einem kurzen Impulsreferat eingeleitet wurde. Anschließend ging man zum gemütlichen Beisammensein über, schimpfte auf die PiS-Regierung und bemitleidete sich selbst. Immerhin gaben die Treffen Gosia und Wiktoria die Gelegenheit, Polnisch zu sprechen und einen Anlass, sich mit polnischer Politik zu beschäftigen.

„Ich habe mir das eigentlich anders vorgestellt", sagte Wiktoria beim abendlichen Teetrinken zu ihrer Mutter. „Aktiver, entschlossener, mit mehr Sichtbarkeit in den Medien und in der Öffentlichkeit. Die polnische Regierung bringen unsere beschaulichen Zusammenkünfte auf jeden Fall nicht ins Wanken."

Gosia lachte.

„Warte ab bis zur nächsten Sejm-Wahl. Dann machen wir hier unter den Polen in England einen Wahlkampf, der sich gewaschen hat und jagen die PiS zum Teufel!"

Beim letzten Treffen vor Weihnachten kochte die Londoner Polonia gemeinsam *Pierogi*. Als hunderte von Piroggen bereits im Wasser kochten, betrat ein junger Mann den Raum, der Gosia schon einige Male durch

kluge Diskussionsbeiträge zum nahenden Brexit aufgefallen war.

„Sorry for being too late."

Begleitet wurde er von einer Frau, die Gosia bekannt
vorkam.

„Sie sind aus Słubice", sagte die junge Frau ihr auf den
Kopf zu. „Die Frau des Kriminalkommissars."

„Ex-Frau", korrigierte Gosia.

„Was Sie nicht sagen! Freut mich, Sie wiederzusehen.
Ich heiße Sandra."

„Sandra, genau, die Anführerin der berühmten Frankfurter Gang ohne Namen!"

„Ex-Anführerin", korrigierte Sandra.

„Was machen Sie hier?", fragte Gosia.

„Dasselbe wollte ich Sie auch gerade fragen."

„Ich heiße übrigens Gosia. Woher können Sie so gut
Polnisch?"

„Ich habe schon in Frankfurt angefangen zu lernen.
Und hier, hier gibt es ja fast mehr Polen als Engländer." Sie
reckte das Kinn in Richtung ihres Begleiters. „Und wenn
nicht der verdammte Brexit käme, würde sich daran auch
nichts ändern."

Gosia und Sandra quatschten den ganzen Abend miteinander, auf Polnisch, Englisch und ein bisschen auch
auf Deutsch. Wiktoria und Sandras Freund Maciek waren
längst nach Hause gegangen, da gingen die beiden zwei
Straßen weiter in einen schottisch-irischen Pub.

Sandra lebte schon fast drei Jahre in London und machte mal dies, mal das. Sandra war genau das, was Gosia
brauchte, eine Freundin. Sie fühlte sich am Ende des ers-

ten Abends so vertraut mit ihr, als würden sie sich schon Jahre kennen, fast ja auch ein bisschen stimmte, und als wären sie schon durch Dick und Dünn miteinander gegangen. Gosia fühlte sich vom ersten Augenblick an zu Sandra hingezogen. Gosia hatte während der ganzen siebzehn Monate, die sie in London lebte, keine einzige, noch so flüchtige Beziehung gehabt. Etwas mit einem Arbeitskollegen anzufangen, kam für sie nicht in Frage; sie wollte nichts riskieren, was ihre Karriere gefährden könnte. Arbeit ging vor, das war sie auch dem alten Biernacki schuldig, der plante, sein kleines, europäisches Supermarkt-Imperium eines nicht allzu fernen Tages zu gleichen Teilen in die Hände seines Sohnes und einer familienfremden Managerin zu legen. Er war überzeugt davon, dass ein Unternehmen langfristig nur dann erfolgreich sein konnte, wenn männliche und weibliche Führungsqualitäten zusammenkamen. Gosia hatte die Chance, diesen Posten zu bekommen.

Außerhalb der Arbeit war es fast unmöglich, einen Mann kennenzulernen. Die zwei *matches*, die die Dating-Plattform ausgespuckt hatte, waren ein Reinfall sondergleichen gewesen. Es schien so, als würden sich nur knallharte Businesstypen mit erfolgreichen Frauen treffen wollen. Ihr Charme wirkte aufgesetzt und ihr Humor gekünstelt und sie waren so langweilig wie ein Börsenbericht. Nach dem zweiten Date kam Gosia zu der Erkenntnis, dass sie womöglich nach der Trennung von Wojtek noch nicht wieder bereit für einen zweiten Mann in ihrem Leben war. Schließlich war auch für sie Wojtek die Liebe ihres Lebens gewesen.

Sandra war kein Mann, sondern eine Frau und sie war anders als die Frauen, mit denen sie bisher befreundet gewesen war. Hatte sie nach Schule und Studium eigentlich überhaupt noch eine echte Freundin gehabt? Eigentlich nicht, es gab nur die Familie und die Arbeit. Nach zwei Bieren lagen sie sich in den Armen und Gosia staunte darüber, wie sehr es sie erregte, Sandras Brüste auf ihren zu spüren. Gosia nestelte ein Kaugummi aus ihrer Tasche, Sandra tat es ihr gleich. Dann küssten sie sich.

Wiktoria fiel ihrer Mutter um den Hals vor Freude, als sie erfuhr, dass sie sich in Sandra verliebt hatte.

„Meine Mama ist eben nicht wie alle anderen Mamas", sagte sie zur Erklärung. „Meine Mama macht, was sie will."

Gosia musterte ihre Tochter verwundert.

„Da ist noch etwas anderes in deinem Kopf, nicht wahr, Töchterchen? Bist du auch, ich meine, liebst du auch eine Frau?"

„Nein, Mama, ich glaube nicht. Ich freue mich auch deswegen, weil Papa so bis auf Weiteres der Papa bleibt."

„Das bliebe er auch, wenn ich mit einem Mann zusammen wäre."

„Ich weiß, aber dann wäre er nicht mehr der einzige Mann in deinem Leben."

„Wie gut du mich verstehst, meine Tochter."

„Wir Frauen müssen eben zusammenhalten, Mama, egal was passiert."

6. Kapitel: Wojtek Miłosz wechselt von der Słubicer zur Frankfurter Polizei und gibt der Gerichtsmedizinerin Antonina einen Korb

Nachdem Gosia aus seinem Leben verschwunden war, kam Wojtek Miłosz zu der Erkenntnis, dass er in seinem Leben etwas ändern müsste. Er tat es Schritt für Schritt. Zunächst reduzierte er seinen Job bei der Słubicer Kripo auf zwanzig Wochenstunden und nahm eine halbe Stelle an der Polizeiakademie der Woiwodschaft Lubuskie an, die eine Zweigstelle in Słubice unterhielt. Die Kurse fanden zumeist abends statt, am Collegium Polonicum, einen Steinwurf von seiner Wohnung entfernt. Die Lehrtätigkeit nahm mit Vorbereitung und Prüfungskorrekturen zwar mehr als zwanzig Stunden pro Woche in Anspruch, dafür hatte sie mehr mit Psychologie zu tun als die monotone Ermittlungtätigkeit und sie war obendrein auch noch besser bezahlt. In jedem Jahrgang gab es eine Handvoll kluger, engagierter Männer und Frauen, die es sich aus unerfindlichen Gründen in den Kopf gesetzt hatten, Polizisten zu werden. Ihnen galt Wojteks ganze Aufmerksamkeit und das ihm verbliebene Herzblut. Die übrigen konnte man getrost vergessen.

Im Juni 2020 entschied die polnische Regierung, die Grenze zu Deutschland endlich wieder für den normalen Verkehr zu öffnen und rettete damit die Grenzstadt Słubice vor dem wirtschaftlichen Ruin. Doch die Corona-Pandemie und die daraufhin verhängten Beschränkungen bestimmten weiterhin das Leben. Menschen, die grundsätzlich eher auf Sicherheit und Planbarkeit des Lebens bedacht waren, erfüllte die Situation mit Angst oder sie suchten die Schuld bei denen da oben, der Regierung, der Weltfinanz oder bei Bill Gates.

Eines Morgens im Sommer 2020 erhielt Wojtek Miłosz einen Anruf mit einer deutschen Vorwahl:

„*Dzień dobry, Panie Komisarzu*!"

Wojtek Miłosz erkannte die Stimme seiner Frankfurter Kollegin Petra Schumacher auf Anhieb wieder.

„Wie geht es Ihnen?"

„Könnte besser sein."

„Fehlt Ihnen Ihr alter Kollege Bernd Matuschek?"

„Und die grenzüberschreitenden Kriminalfälle fehlen mir", gab Wojtek zu. „Was ist bloß mit den Ganoven los? Sehen sie nicht mehr, welche Chancen ihnen die grenzüberschreitende Kriminalität eröffnet?"

Petra Schumacher lachte.

„Wenn Sie das so sehen, lassen Sie mich gleich zur Sache kommen. Bei uns ist eine Stelle freigeworden. Prävention steht auf der Stellenbeschreibung drauf. Ihre Hauptzielgruppe wären Schülerinnen und Schüler. Es ist zwar vorläufig nur eine halbe Stelle, doch sehr wahrscheinlich kann ich sie noch vor Jahresende auf eine ganze Stelle aufstocken, so dass Sie auch Zeit hätten, mich in der Ermittlungsarbeit zu unterstützen."

Wojteks Herz machte einen Freudensprung.

„Ich glaube, manche Menschen werden allmählich verrückt. Pandemie, Klimakrise, was kommt als Nächstes? Das ist einfach zu viel für sie. Sie drehen durch. Da brauche ich einen kühlen Kopf in meinem Team."

„Wann kann ich anfangen?", fragte Wojtek Miłosz.

„Zum 1.9."

Der 81. Jahrestag des Überfalls der Deutschen Wehrmacht auf Polen, schoss es Wojtek Miłosz durch den Kopf.

„Es kommt mir ganz recht, dass es zunächst nur eine halbe Stelle ist. Ich brauche die Zeit bis zum Jahresende, um meine Klasse an der Polizeiakademie durch die Abschlussprüfungen zu bringen."

„Dann lassen Sie uns doch den 1. Januar für den Beginn der Vollzeitstelle ins Auge fassen."

„Haben Sie vielen Dank für das Angebot. Ich glaube, Sie schickt der Himmel."

Petra Schumacher lachte erneut.

„Der Himmel über Frankfurt ist bewölkt, genauso wie der über Słubice", entgegnete Petra Schumacher. „Aber mit Ihrer spontanen Zusage haben Sie auch meinen Tag zu einem heiteren, erfolgreichen gemacht, Herr Kollege. Ich freue mich auf die Zusammenarbeit."

„Darf ich sie mal sehen?"

„Wen willst du sehen?"

„Na, die Leiche von der alten Frau Borkowski."

„Wie soll ich das denn anstellen?"

„Ganz einfach, du fragt deine neuen Kollegen, ob deine liebe und sehr geschätzte Słubicer Kollegin mal einen fachmännischen Blick auf den jüngsten Neuzugang der Frankfurter Gerichtsmedizin werfen darf, ganz unverbindlich natürlich."

„Neue Kollegen? Ich bin schon seit fast drei Jahren bei diesem Verein."

„Umso besser. Da dürfte es doch nicht schwer sein, sie um einen kleinen Gefallen zu bitten."

„Ganz im Gegenteil. Weil ich schon eine Weile bei der Frankfurter Polizei bin, weiß ich, wie der Laden läuft. Alles muss seine Ordnung haben. Beziehungen zählen da nicht viel."

„Papperlapapp!", wehrte Antonina ab. „Fragen kostet nichts. Es schadet ja auch niemandem."

Am Abend gewährte eine Pförtnerin, die, ebenso wie Antonina, ein kleines Tattoo am Hals trug, den beiden den Zutritt zur Gerichtsmedizin.

„Haben Sie vielen Dank!", sagte Antonina artig auf Deutsch.

„Wo haben Sie sich das Tattoo stechen lassen?", fragte die Pförtnerin.

„In Słubice."

„*Ja też.*"

„*Co za przypadek.*"

„Kein Wunder, dass du überall Einlass bekommst", sagte Antonina zu Wojtek, als sie vor dem Eintritt in den Leichensaal die Handschuhe überstreiften. „Unsere Landsleute sitzen eben an den entscheidenden Stellen."

„Mit der Pförtnerin hatte das nichts zu tun. Es ist meine Chefin, die dafür einen Anruf tätigen musste. Als Gegenleistung musst du ihr berichten, was dir an der Leiche aufgefallen ist."

Antoninas braune Augen leuchteten.

„Dann will ich deine Chefin auf keinen Fall enttäuschen."

Antonina atmete die kalte, chemiegeschwängerte Luft ein, als wäre es der beste, gesündeste Geruch der Welt.

„Deine Chefin muss großes Vertrauen in dich haben", meinte Antonina, „dass sie uns hier ganz allein rumlaufen lässt."

„Gewiss vertraut sie mir. Doch vor allem ist es der Personalmangel, der ihr gar keine Möglichkeit lässt, uns hier zu beaufsichtigen."

Wojtek zog die Folie, mit der die Leiche zugedeckt war, bis zum Bauchnabel herunter.

„Sie sieht gut aus, für ihr Alter", bemerkte Antonina. „Sehr gut sogar."

Sie betastete die Haut und kniff an ein paar Stellen in das Gewebe.

„Keine Geschwüre, Verhärtungen, Hautanomalien."

„Alles in allem eine gesunde Frau im Vollbesitz ihrer siebenundsechzig Jahre alten Kräfte", schlussfolgerte Wojtek Miłosz.

„Jedenfalls soweit ich das feststellen kann", schränkte Antonina ein. „Doch halt, siehst du hier irgendeine Stelle, an der der Körper geöffnet worden sein könnte?"

„Darauf hat man wohl verzichtet", seufzte Wojtek. „Die Todesursache war eindeutig."

Er zeigte auf die große Wunde am Kopf, die mit viel Kosmetik bearbeitet worden war. Doch das Offensichtliche, mutmaßlich sorgfältig Analysierte interessierte Antonina nicht. Sie beäugte den Bauch und die Brust und streichelte liebevoll über die Prellungen.

„Kein Einschnitt, nirgends", stellte Antonina bedauernd fest.

„Personalmangel", kommentierte Wojtek Miłosz zum wiederholten Mal.

„Tss tss tss", machte Antonina und schüttelte den Kopf. „Und so geht die berühmte deutsche Gründlichkeit schleichend vor die Hunde und wird von polnischem Pragmatismus abgelöst."

„Soll ich das meiner Chefin ausrichten?", fragte Wojtek Miłosz.

„Sag ihr, ich führe gern eine innere Untersuchung ihrer Leiche durch. Unentgeltlich, versteht sich."

„Ich fürchte, dafür ist es zu spät. Soweit ich weiß, soll sie morgen beigesetzt werden."

„Wie schade", seufzte Antonina.

Sie verließen die Gerichtsmedizin und wünschten der Pförtnerin noch einen schönen Abend.

„Apropos", grinste Antonina schelmisch. „Falls du mich fragen wolltest, ob du mich auf eine Pizza einladen darfst, ich habe heute Abend nichts Besonderes mehr vor."

„Aber du hast Hunger."

„Das auch."

Sie fuhren über die Stadtbrücke nach Słubice zu einem Restaurant namens „Pizza-Polizei".

„Wie groß bist du?", fragte Antonina auf dem Weg vom Parkplatz zum Restaurant.

„Ein Meter einundachtzig."

„Lustig. Wir sind auf den Zentimeter gleich groß."

Antonina trug ihre kastanienbraunen Haare kurz und meist einen Norwegerpulli, von denen sie mindestens vier verschiedene haben musste, wie Wojtek über die Jahre festgestellt hatte, zwei zweifarbige und zwei bunte. Antonina war gertenschlank und hatte den Appetit eines körperlichen Schwerstarbeiters. Zum Essen trank sie ein großes Bier. Wojtek schaffte kaum mehr als die Hälfte seiner Pizza und nippte freudlos an einem Apfelsaft.

„Habe ich dir den Appetit verdorben?", fragte Antonina besorgt.

„Womit denn?"

„Ich weiß nicht, wohl nicht mit der Leiche. Ist es sehr stressig, Vater und Mutter auf einmal zu sein?"

„Mit Łukaszek überhaupt nicht, mit Tobiasz hingegen schon. Er steckt mitten in der schlimmsten Phase der Pubertät."

„Launisch und aggressiv", mutmaßte Antonina.

„Er ist Feuer und Flamme für das Pfadfindertum, Kameradschaft und Survivaltraining im Wald. Er vernachlässigt die Schule und ist kaum noch zu Hause."

„Was ist an den Pfadfindern so schlecht?", fragte Antonina mit vollem Mund.

„Ich habe den Eindruck, dass die Sektion, zu der er gehört, nationalistisch unterlaufen ist. Sie trichtern den Kindern ein, dass ihr Vaterland bedroht wäre und dass sie sich darauf vorbereiten müssen, es zu verteidigen."

„Lass ihn in eine andere Gruppe gehen", schlug Antonina vor.

„*No way*. Er will unbedingt mit seinen Freunden zusammenbleiben."

Antonina vertilgte das letzte Stück der Pizza mit ebensolcher Begeisterung wie das erste und trank den Rest vom Bier in einem Zug aus.

„*Wojtku*", sagte sie schließlich und streichelte seine

Hand. „Lass mich offen zu dir sein. Für mich warst du immer schon der mit Abstand sympathischste und attraktivste Kollege der gesamten Słubicer Polizei. Jetzt bist du kein Kollege mehr, umso besser und du bist zu haben, seit fünf Jahren schon, aber nun ja, ich war zwischenzeitlich mal kurz vergeben.

Ich glaube nicht, dass du die Avancen, die ich dir bereits seit längerer Zeit mache, nicht wahrgenommen hast. Ich habe auch nicht das Gefühl, dass du mich hässlich, dumm und abstoßend findest. Ich weiß nicht, ob aus uns etwas werden könnte, es käme auf einen Versuch an. Auf jeden Fall solltest du aufhören, Trübsal zu blasen. Du hast keinen schlechten Job, drei wohlgeratene Kinder, selbst bei deinem großen Jungen ist Hopfen und Malz noch nicht verloren. Deine erwachsene Tochter, die tausend Kilometer weit weg wohnt, liebt dich immer noch. Du bist ein Mann in den besten Jahren, obwohl du ein bisschen zugenommen hast, mehr Sport würde dir guttun, mein Lieber. Entschuldige, vergiss es, ich will überhaupt nicht an dir herumkritteln. Ich finde dich sexy, so wie du bist. Ich mag deine freundlichen Augen und deine sanfte Stimme. Bitte erlaube mir, dich ein wenig auf andere Gedanken zu bringen. Wie sieht's aus?"

„Ich hatte mir schon gedacht, dass du heute Abend so etwas sagen könntest", seufzte Wojtek. „Nein, dass du so schöne Dinge sagst, damit habe ich nicht gerechnet."

„Du lächelst, das ist gut. Ich habe dich schon lange nicht mehr lachen sehen."

„Ich finde dich, ach nein, ich habe nicht die richtigen Worte, um auf dein Angebot zu reagieren."

„Manchmal ist es besser, nicht zu reden, sondern seinem Gefühl zu folgen", sagte Antonina sanft.

„Gib mir ein bisschen Bedenkzeit, ja?", bat Wojtek.

„Ach ja, einverstanden, aber tu mir den Gefallen und lass mich nicht zu lange warten."

7. Kapitel: Julia und Tomek sollen verhindern, dass der „Montagsspaziergang" den Grenzverkehr lahmlegt

17. Juli 2023

Julia rüttelte Tomek wach.

„Was ist los? Wo brennt's?" Tomek schnappte nach Luft und saß kerzengerade im Bett.

„Nichts ist los", antwortete Julia.

„Warum weckst du mich dann?"

„Ich habe von dir geträumt", erwiderte Julia trotzig.

„Warum träumst du von mir? Ich liege doch neben dir."

„Was hat das eine mit dem anderen zu tun?"

Tomek ließ sich auf das Kissen zurückfallen.

„Also gut", seufzte er und streckte eine Hand nach ihr aus.

„Wir waren am Strand", begann sie. „Es sah aus wie in Świnoujście, dort wo die Grenze im Sand verläuft. Es schien die Sonne, aber es war nicht besonders warm und auch noch windig, ich hab` gefroren. Plötzlich kamen zwei Hunde auf uns zugelaufen, Deutsche Schäferhunde, wie bei der Polizei. Ich schaute zur Seite, du warst mit einem Mal verschwunden. Ich dachte, gleich springen sie mich an. Da griff ich mit der Hand in die Hosentasche und zog etwas heraus. Meine weiße Maske. Ich streifte sie über. Die Hunde stoppten mitten im Lauf und legten sich winselnd zu meinen Füßen. Plötzlich warst du wieder da. Du warst wütend, dass ich wieder die Maske aufgesetzt hatte. Du glaubtest mir nicht, dass sie mich vor dem Angriff der Hunde gerettet hatte. Du wolltest, dass wir ins Hotel zurückgingen, ich wollte noch weiter am Strand spazieren gehen, auf die deutsche Seite. Da bin ich einfach allein weitergegangen, du bliebst am Strand stehen und wurdest immer kleiner. Dann bin ich aufgewacht."

„Ich habe mich in dich verliebt, als du noch die Anführerin einer Gang warst", verteidigte sich Tomek.

„Davon wusstest du nichts, als du mich kennen lerntest."

„Was willst du damit sagen?"

„Gar nichts."

„Hast du das Gefühl, dass ich dich nicht liebe, wie du bist?"

„Es war ja nur ein Traum."

Tomek kroch auf ihre Seite des Bettes, kuschelte sich an sie und legte einen Arm um ihre Hüfte. Sie schliefen wieder ein, bis der Wecker klingelte.

„Ich hab` eine Nachricht von Wojtek bekommen", sagte Julia, „Wojtek Miłosz. Er steht am Słubicer Kreisverkehr."

Sie standen im Dutzend in einer Reihe über die ganze Breite der Magistrale und erwarteten den Demonstrationszug, der vom Bahnhof kommen sollte.

„Er fragt, wie die Lage ist."

Julia schrieb, dass die Leitung angewiesen habe, den Zug an der Kreuzung aufzuhalten, damit sie den Grenzverkehr nicht behindern.

– Gut, dass wenigstens unsere Chefs Vernunft beweisen, schrieb Wojtek Miłosz zurück. – Auf polnischer Seite gibt es niemanden, der sich ihnen in den Weg stellt.

– Wie viele Demonstranten gibt es in Słubice?

– Mindestens hundert.

– Und was haben sie vor?

– Zum Brückenkopf laufen und abwarten, was geschieht.

– Gibt es von der Słubicer Polizei Unterstützung?

– Ja, zwei Greenhorns, frisch von der Akademie.

– Haben sie wenigstens ein Auto?

– Ja, und einen Führerschein haben sie auch.

– Sehr witzig. Ich gebe dem Einsatzleiter Bescheid, schrieb Julia.

„Scheiße", zischte Tomek, „sie werden versuchen, in kleinen Gruppen über die Stadtbrücke zu gehen und dort zu provozieren."

„Können wir sie nicht so lange aufhalten, bis sie alle Merkmale einer Demonstration abgelegt haben? Banner, Flaggen, Megaphon, Skandieren von Parolen. Die Genehmigung für eine Kundgebung endet mit Betreten der Stadtbrücke."

„Meinst du, das werden sie freiwillig tun?"

„Nein, aber dann werden sie zurückgehen."

„Dafür brauchen wir Verstärkung", befand Tomek.

„Träum weiter! Wo soll die Verstärkung herkommen? Aus dem Westen vielleicht?"

Tomek erlaubte Julia, sich für fünf Minuten aus dem Verbund zu entfernen und der Bundespolizei an der Brücke Bericht zu erstatten.

„Früher sind die eh nicht hier."

Die Bundespolizei war zu viert. Zwei saßen im Mannschaftwagen und zwei standen davor und beobachteten die Brücke. Der diensthabende Kollege verwies auf seine fehlende Zuständigkeit für ordnungsgemäß angemeldete Demonstrationen.

„Wir erwarten von euch ja nicht, dass ihr bei uns mitmacht", erwiderte Julia. „Sondern nur, dass ihr uns im Fall einer Konfrontation zur Seite steht."

„So so, und wie hast du dir das vorgestellt? Bist du überhaupt befugt, mit uns zu reden?"

„Der Einsatzleiter Tomasz Miller hat mich befugt, mit euch zu reden. Reicht euch das? Hört zu, es kann passieren, dass sich die Montagsspaziergänger in Dreier– und Vierergrüppchen aufteilen und versuchen werden, die Słubicer Demonstranten zu provozieren. Mit Pro-Russland-Parolen oder irgendetwas anderem. Wir bitten euch nur, dass ihr Präsenz zeigt und uns dabei helft, eine Konfrontation zu verhindern. Die Słubicer Kollegen sind nur zu zweit."

Der Blick des Bundespolizisten sagte so viel wie: Was gehen uns die Słubicer an?

„In Słubice haben sie ein noch größeres Personalproblem als wir. Alle, die Deutsch können, arbeiten auf unserer Seite."

Dafür erntete Julia zunächst ein anerkennendes Grinsen und dann eine halbe Zusage:

„Wir bleiben in Kontakt. Vielleicht wird es ja auch gar nicht so dramatisch, wie ihr befürchtet."

Es kam genauso, wie Julia und Tomek vorhergesehen hatten. Ein Dutzend Frankfurter Demonstranten machte sich nach dem Ende der Kundgebung von der Magistrale auf den Weg zur Stadtbrücke. Julia hatte die beiden Słubicer Polizisten davon überzeugt, dass sie den polnischen Demonstranten ebenfalls ihre Banner und Flaggen abnehmen mussten und sie erst dann auf die Stadtbrücke lassen durfte, wenn sie ihnen ein Signal gab.

„Was ist, wenn sie uns nicht gehorchen?", fragte einer von ihnen besorgt, der nicht älter war als Julia.

„Das werden sie, wenn ihr selbstbewusst auftretet. Ihr seid heute dafür verantwortlich, dass eure Leute sicher sind und sich nicht mit ein paar Frankfurter Idioten die Köpfe einschlagen. Wir helfen euch dabei."

Es waren höchstens 50 Słubicer, die, eskortiert von dem jungen Polizisten, der sich ziemlich verloren fühlte und dennoch tapfer Haltung bewahrte, auf die Brücke marschierten. Die anderen waren brav nach Hause gegangen. Sein Kollege hielt hinter ihm den Verkehr an, der an diesem Nachmittag zum Glück nicht sonderlich stark war. Die Frankfurter Polizei hielt den Verkehr von der deutschen Seite an und ließ, im Funkkontakt mit dem Słubicer Posten, abwechselnd eine Minute lang den Verkehr durch. Auf der Mitte der Brücke standen Julia und Tomek zusammen mit zwei weiteren Landes− und zwei Bundespolizisten. Die einen skandierten „Frieden in der Ukraine!" und „Verhandelt mit Russland!" und die anderen „Freiheit für die Ukraine!" und „Stoppt Putin!" Aber angesichts der Polizeipräsenz wagte niemand, auf den anderen loszugehen. Nach einer Weile wurde das Gebrüll auf beiden Seiten leiser, nach und nach räumten sie das Feld, wahrscheinlich fühlten sich alle als Sieger. Auch von den Autofahrern, die für ein paar Minuten im Stau standen, hatten alle die Ruhe bewahrt und waren im Schritttempo an den Demonstranten, die gar nicht wie Demonstranten aussahen, vorbeigefahren. Tomek bedankte sich bei allen Kollegen für ihren couragierten und umsichtigen Einsatz und zwinkerte Julia zu.

– Gut gemacht, schrieb Wojtek Miłosz, der die Aktion von der Dachterrasse des Collegium Polonicum beobachtet hatte.

8. Kapitel: Petra Schumacher und Wojtek Miłosz ermitteln grenzüberschreitend

„*Dobry wieczór, Wojtku*, bitte entschuldige die späte Störung", meldete sich Kriminaloberrätin Petra Schumacher.

„Ich lese meinem Jüngsten gerade eine Gute-Nacht-Geschichte vor."

„Ruf mich bitte zurück, wenn du fertig bist. Es ist dringend."

Wojtek Miłosz bedeckte das Mikro seines Handys mit der Hand.

„*Posłuchaj Łukaszku*, sei so lieb und geh' schon mal ins Bett. Papa muss noch ein wichtiges Gespräch führen."

„Ist es Mama?"

„Nein, nicht Mama, es ist meine Chefin von der Polizei."

„Oh!", machte Klein-Łukasz. „Dann muss es wirklich wichtig sein. Sagst du mir später noch gute Nacht?"

„Natürlich mache ich das."

Wojtek Miłosz wartete, bis der Junge in seinem Zimmer verschwunden war.

„Du vermisst doch grenzüberschreitende Kriminalfälle, nicht wahr?", fiel Petra Schumacher mit der Tür ins Haus. „Wir haben gerade einen hereinbekommen. Kannst du deinen Jüngsten für ein paar Stunden alleinlassen?"

„Ich denke schon, Tobiasz ist zu Hause und kann auf ihn aufpassen."

„Das ist gut. Wir treffen uns vor dem Haus in der Lindenstraße 34, in einer Viertelstunde. Das Opfer ist ein Pole, der auf beiden Seiten der Grenze zu Hause war."

Der Tote saß auf seinem Balkon in der zweiten Etage, alle Viere von sich gestreckt, den Kopf an die nackte Wand gelehnt, als wäre er völlig erschöpft nach einem langen Tag eingeschlafen. Wäre da nicht das klaffende Loch im Kopf gewesen und das Blut, das auf der Wand, der Holzbank und auf dem ganzen Körper klebte.

„Wer hat den Toten entdeckt?", fragte Wojtek Miłosz.

„Seine Frau, als sie vom Yoga nach Hause kam. Sie hat sofort die Polizei verständigt", antwortete Petra Schumacher.

„Ist die Frau hier?"

„Nein, die Kollegen haben sie mit aufs Revier genommen. Sie ist nicht vernehmungsfähig. Sie hat panische Angst, dass der Mörder jeden Augenblick wiederkommen und sie ebenfalls erledigen würde."

Sie blickten in den nächtlichen Park. Die Lindenallee lag ruhig und friedlich im Laternenlicht und der Mond stand über dem Stadion.

„Der Schütze muss irgendwo dort unten gestanden haben", sagte Petra leise.

„Oder in einem Haus auf der anderen Seite des Parks", entgegnete Wojtek.

„Das sind über hundert Meter. Das können nur Profis, Scharfschützen, Auftragsmörder."

„N'Abend, die Herrschaften", sagte der Notarzt und trat auf den Balkon, auf dem es zu viert ziemlich eng war. Er gab den Kriminalen die Hand.

„Ich habe Ihren Kollegen bereits gesagt, dass ich den Zeitpunkt des Todes auf 20.30 Uhr schätzen würde. Jetzt ist es 22 Uhr. Seine Frau hat um 20.50 Uhr die Polizei ver-

ständigt. Nach ihren Angaben hat sie die Balkontür offen-
stehen sehen, ihren Mann entdeckt und sofort die Sanitäter gerufen, die ihrerseits die Polizei benachrichtigt haben.
Ihre Kollegen haben bereits Fotos gemacht. Kann ich den
Abtransport des Toten anordnen?"

Petra und Wojtek verließen die Wohnung und nahmen
den Park in Augenschein. Unmittelbar vor dem Balkon
stand eine Bank, von der man durch eine Lücke im Baum-
bewuchs freie Bahn hatte und den Kopf des großgewach-
senen Opfers genau im Visier.

„Fünfzehn bis zwanzig Meter", schätzte Wojtek.

Sie suchten die Bank im Umkreis von ein paar Metern
nach einer Patronenhülse ab. Ohne Ergebnis.

„Vielleicht hat jemand den Schuss gehört", sagte Petra
Schumacher. „Wie viele zig Fenster gehen auf die Parksei-
te? Aus sechzig, siebzig Fenstern hätte man den Schützen
sehen können. Lass uns ein paar Minuten hier warten."

Sie setzten sich auf die Bank und Petra berichtete, was
sie über den Toten wusste.

„Bernard Kaczmarek, 40 Jahre alt, geboren in Zielona
Góra, lebt seit seinem Studium an der Viadrina in Frankfurt (Oder). Er arbeitete als Sport– und Politiklehrer am
Karl-Liebknecht-Gymnasium und war bei den Linken
politisch aktiv."

„Jetzt macht es klick", raunte Wojtek. „Vor nicht allzu
langer Zeit stand in der Frankfurter Zeitung ein Interview
mit ihm. Er soll ein guter Redner gewesen sein und bei
seinen Schülern sehr beliebt."

„Glaubst du, das Motiv könnte ein politisches gewesen
sein?"

„Ich muss dir nicht erzählen, wie viel häufiger andere Mordmotive sind", antwortete Wojtek. „Raub scheidet aus, Eifersucht käme in Frage, aber warum nicht auch politische Beweggründe? Der Mann gehörte für die extreme Rechte zu den Meistgehassten weit und breit. Ein linker Pole, der den Deutschen erklären will, was gut und richtig ist."

Die Haustür der Nr. 34 ging auf. Eine ältere Dame mit einem weißen Pudel überquerte die Straße und steuerte geradewegs auf die beiden Polizisten zu.

„Guten Abend, sind Sie von der Polizei?"

„Das sind wir", erwiderte Petra verblüfft.

„Ich möchte eine Aussage machen", sagte die Frau. „Darf ich mich setzen?"

Wojtek rückte an den Rand und der Pudel sprang auf den Schoß der alten Dame und musterte die Polizisten neugierig.

„Worum geht es?", fragte Petra Schumacher.

„Um den Mord an meinem Nachbarn in der zweiten Etage. Es war doch ein Mord, oder etwa nicht? Sonst wären Sie ja wohl nicht da. Ich habe Sie eine Weile beobachtet."

„Wir sind ganz Ohr", ermunterte Petra die Dame zum Weiterreden, obwohl es wohl keiner Ermunterung bedurft hätte.

„Ich saß gegen halb neun in der Küche und habe ein Kreuzworträtsel gelöst. Da hörte ich etwas, was sich wie ein Schuss anhörte. Ich bin aufgestanden und habe aus dem Fenster geguckt. Da sah ich, wie ein Mann mit raschen Schritten in Richtung Stadt durch die Allee lief. Gut möglich, dass er zuvor genau auf dieser Bank gesessen hat."

„Können Sie den Mann beschreiben?", fragte Petra Schumacher.

„Ich würde sagen, Mitte Fünfzig, mittelgroß, einen dunkelblonden Vollbart und auf dem Kopf trug er eine Schirmmütze. Er lief unter einer Laterne durch, wissen Sie."

„Hat der Mann Sie gesehen?"

„Ich glaube nicht. Er sah weder nach links noch rechts. Hinzu kommt, dass ich in der Küche kein Licht brennen hatte. Ich schalte das Licht immer erst so spät wie möglich an, um Energie zu sparen, wissen Sie."

„Wie war der Mann gekleidet?"

„Normal. Null-acht-fuffzehn-Jacke und eine blaue Jeans, glaube ich, aber sicher bin ich nicht."

„Sie sind eine gute Beobachterin, Frau …".

„Grenier, Barbara Grenier, die Vorfahren meines Mannes stammten aus Frankreich, Hugenotten, vom Alten Fritz nach Brandenburg geholt."

„Haben Sie vielen Dank, Frau Grenier", sagte Petra Schumacher und reichte ihr eine Visitenkarte. „Das war sehr hilfreich für uns. Hätten Sie morgen im Laufe des Tages Zeit, Ihre Aussage auf der Dienststelle zu wiederholen."

„Gewiss doch."

„Dann können Sie uns auch noch ein wenig über Ihren Nachbarn erzählen", fügte Wojtek Miłosz hinzu. „Jede Information könnte nützlich sein."

„Sie sind auch ein Pole, nicht wahr?", sagte Frau Grenier und lächelte.

„Ach ja", seufzte Wojtek Miłosz. „Man wird es immer hören."

„Ihr Deutsch ist perfekt", versicherte Frau Grenier. „Genauso wie das von *Pan Bernard*, doch der leichte Akzent ist unverkennbar."

„Lass uns noch einen Augenblick warten", bat Petra Schumacher, als die Nachbarin mit ihrem Pudel schon zu einer Runde um den Park aufgebrochen war. „Vielleicht kommt noch jemand auf uns zu."

„Ich fürchte, ich muss bei mir zu Hause nach dem Rechten sehen", erwiderte Wojtek. „Es kommt nämlich manchmal vor, dass Łukaszek mitten in der Nacht aufwacht und zu mir ins Bett klettert."

„Aber natürlich, fahr' ruhig nach Hause. Ich halte hier noch ein Weilchen die Stellung."

9. Kapitel: Tobiasz lernt bei den Pfadfindern, eine Waffe zu bedienen und erfährt, dass angeblich sein Vaterland bedroht ist

Tobiasz hatte, wie er sich eingestehen musste, ein ordentliches Muffensausen. Jedes Kind weiß, dass das Gehör in der Nacht, wenn man kaum etwas sehen kann, viel sensibler ist als tagsüber und man kann sich noch so oft einreden, dass das Gehirn in Ermangelung visueller Reize die Signale, die es von den Ohren gesendet bekommt, völlig überbewertet und die Phantasie daraufhin maßlos übertreibt und aus einer Mücke `nen Elefanten macht. Ein Rascheln im Laub, das Knacken eines Asts. Ha, das Geräusch war bloß ein Uhu, der ist harmlos oder sogar nur ein Käuzchen. Die Wahrscheinlichkeit, dass ausgerechnet in diesem Teil des Waldes ein Wolf auf der Jagd war oder ihm ein tollwütiger Fuchs über den Weg lief, war so was von gering und im Notfall würde er sich ja immer noch wehren können. Er hatte seine Taschenlampe griffbereit, einen faustgroßen Stein und ein scharfes, handliches Messer.

Im Wald war es ihnen verboten, das Handy zu nutzen und mit den Anderen Kontakt aufzunehmen. Begründung: Man muss lernen, im Ernstfall ohne Technik auszukommen. Es kann schließlich sein, dass der Feind die Stromversorgung lahmlegt und der Akku leer ist. Außerdem besteht immer die Gefahr, dass der Feind ein Funkgespräch abhört. Sie durften nicht einmal ein Feuer anzünden, weil das den Feind auf einen aufmerksam machen konnte. Das fand er, ehrlich gesagt, etwas übertrieben. Was sollte es dem Feind schon bringen, wenn er aus der Luft an zig verschiedenen Stellen ein Feuerchen identifizieren würde. Er konnte ja schlecht auf alle gleichzeitig schießen. Und einen ganzen Wald in Brand zu setzen, nur um ein paar versprengte Soldaten heraus zu scheuchen, wäre das nicht wie mit einer Kanone auf Spatzen zu schießen?

Der Feind, das waren dunkelhäutige, muslimische sogenannte Flüchtlinge aus Afrika und Asien. Die kamen zwar nicht mit einer Armee, aber sie waren zahlreich und überschwemmten Europa, um hier auf unsere Kosten zu leben und uns Europäer kampfunfähig zu machen, damit wir für den bewaffneten Islamismus eines Tages eine leichte Beute wären. Außerdem waren schon jetzt viele von den angeblichen Flüchtlingen in Wirklichkeit professionell ausgebildete Terroristen, die nach einem geeigneten Ziel für den nächsten Anschlag suchten. Der Islam war ein natürlicher Feind des Christentums. Gut, dass die polnische Regierung sie nicht ins Land ließ. Das war in anderen Teilen Europas anders, in Deutschland vor allem. Überhaupt Deutschland, vor denen musste man sich in Acht nehmen. Sein Vater musste wohl oder übel bei denen sein Geld verdienen aber deswegen muss man noch lange nicht zu allem ja und Amen sagen, was sie von Polen wollen.

Was ihm half, diese nächtliche Mutprobe zu überstehen, war die Gewissheit, dass seine beiden besten Freunde Antek und Filip in ein paar Kilometern Entfernung ebenfalls hier draußen ausharrten. Wenn ihm wirklich etwas zustoßen sollte, würde er eine Leuchtpistole abfeuern und die beiden würden ihm zur Hilfe eilen. Zusia ebenso, die Zuzanna genannt werden wollte, nicht Zusia. Das konnte er gut verstehen, ihm war auch Tobiasz lieber als diese kindlichen Verkleinerungen wie *Tobisz*, *Tobik* oder gar *Tobcio*. Zuzanna war das einzige Mädchen, dass bei dieser Übung mitmachen durfte, weil der Kommandant es ihr zutraute. Sie konnte kämpfen wie ein Mann und sie konnte, einmal im Monat, nicht häufiger, wie sie behauptete, auch trinken wie ein Mann. Eigentlich sah sie auch fast so aus wie ein Junge. Er hätte sich nicht gewundert, wenn sie lieber ein Junge wäre als ein Mädchen. Doch das ging nicht, nicht hier, sie wäre von allen ausgelacht und in letzter Konsequenz ausgeschlossen und verstoßen worden. Von ihrer Familie und von den Pfadfindern sowieso.

Was Zuzanna bei den Pfadfindern am wenigsten ausstehen konnte, war ihre Religiosität. Sie glaubte nicht an Gott. Er dagegen mochte die andächtige Stille in der Kapelle und die tiefen Gesänge.

Was war das? Er hatte etwas gehört, ganz sicher, das war keine Einbildung gewesen. Ein großes Tier näherte sich ihm durch das Unterholz. Tobiasz hielt den Atem an und griff nach der Taschenlampe. Als er schon glaubte, den Atem des Tieres hören zu können, schaltete er die Lampe an. Ein Wildschwein, mittelgroß, ein Weibchen und zum Glück auf den ersten Blick kein Junges in der Nähe, das es zu verteidigen galt. Das Wildschwein starrte ihn an. Tobiasz dachte an Obelix und sein Magen fing an zu knurren. Verrückt! Er hatte sein Messer neben sich liegen, keine Pistole, die durfte er nur bei den Schießübungen benutzen. Er liebte es, schießen zu lernen, es fühlte sich gut an und wer weiß, wofür er diese Fähigkeit eines Tages noch einmal brauchen würde. Ihnen wurde eingeschärft, bereit zu sein, für den Ernstfall. Wenn er volljährig würde, durfte er auch einen Jägerschein machen. Sicherlich wäre es schon jetzt ein Leichtes, das Tier auf eine solch geringe Entfernung zu erlegen. Doch was hätte er mit dem toten Tier anfangen sollen? Er hatte einmal dabei zugesehen, wie man ein Reh ausnahm. Sahen die Eingeweide eines Wildschweins genauso aus? Die Bache hatte jetzt genug gesehen, machte kehrt und verschwand im Wald.

Irgendwann schlummerte Tobiasz ein, aber nur für ein paar Minuten. Die Kälte kroch ihm in die Glieder. Es kam nicht in Frage, sich hinzulegen, bloß ein wenig zuzudecken. Es wurde ruhig im Wald, sogar die Ameisen schliefen und er dämmerte dem Morgengrauen entgegen. Wenn es hell genug sein würde, so dass sie sich ohne Taschenlampe zurechtfinden konnten, durften sie ins Lager zurückkehren.

Seinem Vater war alles Militärische ein Dorn im Auge, dabei war er doch bei der Polizei, er hatte schließlich auch Schießen gelernt und war gezwungen, die Waffe einzusetzen, um das eigene Leben und das Leben anderer zu schützen. Er verstand seinen Vater immer weniger. Er hatte Mama gehen lassen und er achtete von Tag zu Tag weniger auf seine körperliche Fitness. Er hatte einen Bauchansatz und interessierte sich für nichts und niemanden außer für seine Arbeit und für Tobiasz' kleinen Bruder Łukaszek. Wenn er endlich achtzehn war, konnte er tun und lassen, was er wollte. Dann würde er mit Antek und Filip zur Armee gehen. Und wenn Putin dann eines Tages die Ukraine in seine Gewalt gebracht hätte und es wagen sollte, Polen anzugreifen, dann wäre er bereit und in der Lage, Polen zu verteidigen. Polen war durch seine Lage und dank der Einstellung der nationalen Regierung die Vorhut des freien, christlichen Europas. Da konnten die Deutschen machen, was sie wollten.

10. Kapitel: Von London zurück nach Poznań und Frankfurt (Oder) – die Geschichte von Gosia und Sandra

Sandra und Gosia lebten in London drei Jahre lang wie allerbeste Freundinnen, die darüber hinaus miteinander schliefen, wann immer sie Lust dazu hatten.

Am Anfang wohnte Sandra in einer völlig überteuerten, heruntergekommenen Absteige, „in einem Slum des 21. Jahrhunderts", wie sie es nannte. Dann lernte sie in einem Restaurant, in dem sie ein paar Monate kellnerte, eine alte Dame kennen, die jeden Tag um Punkt zwei Uhr zu Mittag aß und die behauptete, vom preußischen Kaisergeschlecht, den Hohenzollern abzustammen. Über welchen Ecken und Seitenlinien, das konnte Sandra sich selbst dann noch nicht merken, nachdem Lady Margaret es ihr aufgeschrieben hatte. Maggie konnte nur einen einzigen Satz auf Deutsch: „Der Tee schmeckt in der Tat vorzüglich, Eure Hoheit." Aber sie hatte es sich in den Kopf gesetzt, dass ihr Urenkel Oliver, den sie für den begabtesten ihrer zahlreichen Nachkommen hielt, Deutsch lernen sollte. Eine Legion von Hauslehrern und Hauslehrerinnen hatte bereits das Handtuch geschmissen, weil Oliver, wie jeder normale Heranwachsende, eigentlich andere Dinge im Kopf hatte, als zweimal in der Woche am Nachmittag, wenn seine Freunde frei hatten, eine Stunde in der Stube zu hocken und eine Sprache zu pauken, mit der man nichts, aber auch gar nichts anfangen konnte, außer die englischen Worte „Blitzkrieg", „Sauerkraut", „Bratwurst" und „Kindergarten" richtig, das heißt eigentlich falsch, nämlich auf Deutsch, aussprechen zu können. Sandra gewann Olivers Aufmerksamkeit kinderleicht. Sie verlegte die Deutschstunden einfach auf den Bolzplatz. Nicht nur, dass der schmächtige, bebrillte Oliver dadurch so gut Deutsch lernte, dass er in jedem Kneipensmalltalk über die großen Jürgens, Jurgen Klopp und Jurgen Klinsmän, *the German* Mannschaft, Franz Beckenbauer, Uwe Seeler und Didi Hamann hätte bestehen könnte, sondern er wurde auch noch ein besserer Fußballer. Als Gegenleistung durfte Sandra kostenfrei ein schönes Zimmer in der großen Wohnung von Lady Margaret in einem viktorianischen Altbau bewohnen. Meist liebten sich Sandra und Gosia in Sandras Zimmer, weil die alte Dame jeden Abend um „*9 o'clock*" schlafen ging und, hatte sie einmal ihr Hörgerät abgelegt, nichts mehr mitbekam.

„Da könnte selbst der Russe in der Nacht in London einfallen und ich würde erst am nächsten Tag davon erfahren", sagte Maggie zur Erklärung und kicherte über ihren Witz wie ein kleines Mädchen.

„Hat dir heute schon jemand gesagt, wie schön du bist?", pflegte Sandra zu sagen, wenn Gosia neben ihr lag.

„Nein, heute noch nicht."

„Da bin ich aber beruhigt. Du bist wunderschön, meine Liebe."

„Es war mir immer unangenehm, wenn Wojtek mich so anschaute und vielleicht dasselbe dachte, aber es nie aussprach. Jetzt, wenn du es sagst, liebe ich es."

Von Maciek hatte Sandra sich getrennt, kaum dass sie Gosia kennengelernt hatte. Zum Polnischlernen brauchte sie ihn ja nicht mehr.

Sandra ging in London sehr sparsam mit dem erarbeiteten Geld um und steckte jeden Penny in Weiterbildungskurse. Sie lernte hundert verschiedene Dinge wie Human Resource Management, Bartender, digitale Bildbearbeitung, polnische Grammatik, journalistisches Schreiben, ökologisches Gärtnern, Betriebswirtschaft für Fortgeschrittene.

„Betriebswirtschaft für Anfänger habe ich in der Praxis gelernt, im Alten Kino in Frankfurt. Überhaupt wird ein akademisches Studium, noch dazu ein abgeschlossenes, völlig überbewertet. Mit ein bisschen Geld kannst du alles lernen, was du willst. Der Rest ist *just learning by doing*.“

„Du lebst von der Hand in den Mund und hast keinerlei finanzielle Reserven“, schimpfte Gosia. „Wenn du mal für eine Zeit aus gesundheitlichen Gründen ausfällst, bleibt dir nur die britische „*social care*“. Das ist zum Sterben zu viel und zum Leben zu wenig.“

„Gut, dass ich dann immer noch dich habe, meine *wealthy business woman*.“

„Ach, so ist das also!“, lachte Gosia.

„Ja, so ist das also!“, rief Sandra fröhlich. „Jetzt weißt du Bescheid. Es ist dein Geld, das dich noch sexyer macht, als du ohnehin schon bist.“

Manchmal trafen sie sich nach der Arbeit in einer Bar in der Nähe von Biernackis Firmensitz im *Center of London* und aßen *Fish `n chips* und schlenderten anschließend durch die Stadt, bis ihnen die Augen im Stehen zufielen. Für die Wochenenden und die seltenen Ferien machten sie stets aufs Neue große Pläne: Cornwall, Edinburgh, Highlands, Paris (die Stadt der Liebe) und noch weiter weg. Doch je näher der Tag kam, an dem sie einen der Pläne in die Tat hätten umsetzen müssen, desto stärker wurde Sandras Wunsch, Geld zu sparen und Gosias Bedürfnis, in der Freizeit nichts anderes zu tun, als im Bett zu liegen, einen Film zu gucken und mit Wiktoria stundenlang zu frühstücken. Ihre weitesten Reisen gingen nach Oxford, Cambridge und an verschiedene Orte der englischen Meeresküste.

„Meinst du, solch ein Collegehut würde mir stehen?", fragte Sandra in Cambridge, als sie mitten in einer Graduiertenfeier landeten und die erfolgreichen Absolventinnen und Absolventen ihre Hüte für das Erinnerungsfoto in die Luft warfen.

„Bestimmt", sagte Gosia und dachte dabei mit Bedauern an Wiktoria, die nicht genügend Ehrgeiz aufbrachte, als dass sie in Cambridge hätte studieren können.

„Aber es wäre ein bisschen Hochstapelei, wenn ich mir einen aufsetzen würde, nicht wahr?"

„I wo!", entgegnete Gosia. „Wenn man all die Zertifikate zusammennimmt, die du erworben hast, hättest du dir solch einen *kapelusz* doppelt und dreifach verdient."

„Das ist sehr lieb von dir, dass du so etwas sagst", sagte Sandra und küsste sie.

Gosia ging in den nächstbesten Laden und kaufte einen Hut, der genauso aussah wie derjenige vom berühmten *King's College* und ein *Cambridge-University-Shirt* gleich dazu. Sandra schmückte sich mit beidem und erntete den ganzen Tag über lauter amüsierte Blicke. Eine japanische Familie wollte sogar ein Foto mit ihr haben.

Wiktoria machte im Juni 2022 das Abitur und wusste nicht, was sie damit anfangen sollte.

„Ich würde gern für ein Jahr ins Ausland gehen", sagte sie. „Nach Australien oder an die amerikanische Ostküste, aber dann müsste ich euch beide verlassen und das will ich nicht."

„Ach komm", wehrte Sandra ab. „Deine Mama und ich, wir sind zwei große Mädchen, wir kommen auch allein zurecht. Was ist denn der wirkliche Grund dafür, dass du nicht gehen willst?"

„Würdet ihr mich denn gehen lassen?", fragte Wiktoria kokett.

„Natürlich!", antwortete Sandra.

„Du würdest mir sehr fehlen", gab Gosia zu.

„Da hast du es!", triumphierte Wiktoria.

„Das heißt nicht, dass ich nicht trotzdem dafür wäre, dass du ein Jahr im Ausland verbringst", sagte Gosia.

„Ach, ich weiß nicht", sinnierte Wiktoria. „Vielleicht habe ich auch erst einmal für eine Weile genug von Abschieden und Neuanfängen und davon, sich in eine fremde Welt einzuleben. Vielleicht möchte ich einfach hier bei euch bleiben."

Ein paar Tränen rollten über ihr Gesicht. Gosia und Sandra, die für Wiktoria eine Mischung aus älterer Freundin und Mama Nr. 2 war, nahmen sie in den Arm. Danach gingen sie bei ihrem Stamm-Italiener essen und ließen sich ziemlich beschwipst von einem Taxi nach Hause fahren.

Eine Woche darauf reiste Wiktoria nach Polen. Sie besuchte ihren Vater, ihre Großmutter mütterlicherseits in Poznań und fuhr weiter nach Warschau. Der Zufall wollte es, dass sie in einem Café das Gespräch von drei Mädchen mitbekam, die auch gerade ihr Abitur bestanden hatten und sich mit denselben Fragen herumschlugen wie sie selbst. Mit dem Unterschied, dass sie die Antwort für sich schon gefunden hatten. Sie wollten sich an der Warschauer Universität einschreiben.

„Völlig egal, was für ein Studium! Hauptsache, es stellt unsere Eltern fürs Erste zufrieden und lässt sie glauben, wir würden etwas Vernünftiges machen, womit wir eines Tages einen ernsthaften Beruf ergreifen können."

In Wirklichkeit hatten sie nichts anderes im Kopf, als sich von morgens bis abends bei der neuen polnischen Frauenbewegung zu engagieren, die den etwas sperrigen Namen „Allpolnischer Frauenstreik" trug. Wiktoria wusste, dass die Bewegung 2016 ihren Ursprung hatte in den Protesten gegen die Gesetzespläne der national-konservativen Regierung, die eine Abtreibung auch dann unter Strafe stellen wollte, wenn der Schwangerschaft eine Vergewaltigung vorausging oder das Leben der Mutter in Gefahr war. Mittlerweile hatte sich die Bewegung zu einer außerparlamentarischen Opposition entwickelt gegen die Abschaffung einer unabhängigen Rechtsprechung, den Missbrauch der öffentlichen Medien als Propagandainstrument der Regierung und gegen die antieuropäische Politik, die Polen neben Ungarn in Europa mehr und mehr isolierte. Die drei Mädchen schwärmten von dem Tag, an dem sie zur Frauenbewegung gekommen waren, am 30. Oktober 2020, mitten in der Corona-Pandemie, als in Warschau zur größten landesweiten Demonstration seit 1989 mehrere hunderttausende von schwarz gekleideten Frauen auf die Straße gegangen waren. Die Mädchen bestürmten Wiktoria, bei ihnen mitzumachen. Sie hätten sogar noch ein Zimmer in ihrer WG frei, ein winziges zwar, aber es wäre immerhin ein Anfang für „ihr neues, polnisches Leben“, wie sie sagten.

„Wir können jemanden wie dich, die perfekt Englisch spricht, gut gebrauchen, für die Kontakte zur Frauenbewegung in anderen europäischen Ländern.“

Wiktoria war Feuer und Flamme. Endlich hatte sie etwas gefunden, wofür sie sich begeistern konnte. Jetzt musste sie nur noch ihre Mutter davon überzeugen.

Gosia war sofort dafür. Schließlich war Warschau viel weniger weit weg als die USA oder Australien. Die Pläne ihrer Tochter gefielen ihr auch deswegen, weil sie spürte, dass London und ihr aktueller Posten nichts für die Ewigkeit waren. Das *big business* und der tägliche Konkurrenzkampf im globalen Supermarkt-Geschäft zehrten an den Nerven und ließen die Haare schneller ergrauen. Sie war jetzt Mitte vierzig und wollte nicht die nächsten zwanzig Jahre bis zur Rente so weiterschuften wie bisher.

„Ach, meine liebe Gosia“, seufzte Sandra, nachdem Gosia ihr erzählt hatte, was die Initiative ihrer Tochter in ihr auslöste. „Auch mich hält nichts auf ewig in diesem Moloch von einer Stadt und in diesem seltsamen Land, in dem eine Mehrheit allen Ernstes glaubt, sie wären glücklicher, wenn sie sich auf ihrer Insel vom Rest der Welt abschotteten und alle Ausländer aus dem Land vergraulen. Bitteschön, wenn sie uns nicht haben wollen, können wir auch gehen.“

Zbigniew Biernacki fiel aus allen Wolken, als sie ihn fragte, ob er nicht im neuen Jahr einen interessanten Job in Polen für sie hätte.

„Großbritannien und Irland gehen vor die Hunde, wenn Sie London den Rücken zukehren. Eigentlich hatte ich vor, Sie zum 1.1.2024, zu gleichen Teilen wie meinen Sohn, zu meiner Nachfolgerin zu machen. Er soll sich um den polnischen und osteuropäischen Markt kümmern und Sie um den westeuropäischen Markt. Doch dafür müssen Sie in London bleiben."

„Haben Sie Ihren Sohn schon einmal gefragt, was ihm lieber wäre?" entgegnete Gosia. „Poznań oder London?"

„Nein, das habe ich nicht", antwortete der alte Biernacki verblüfft.

„Tun Sie es. Vielleicht haben wir Glück."

Am nächsten Tag rief Biernacki zurück.

„Woher wussten Sie, dass Mateusz mit großem Vergnügen Ihren Posten übernehmen würde?"

„Ich wusste es nicht. Es war zur Hälfte ein Gefühl und zur anderen Hälfte Wunschdenken. Schließlich ist es eine Lösung, die allen entgegenkommt."

„Ich dachte, du wolltest aus dem Hamsterrad aussteigen", wunderte sich Sandra, als sie von dem Deal erfuhr. „Jetzt steigst du nur in ein neues Rädchen ein, das sich noch schneller dreht als das alte."

„Findest du?", fragte Gosia und kam ins Grübeln. „Dafür könnte ich wieder in meiner Muttersprache agieren, was definitiv weniger anstrengend ist. Doch was wird aus dir? Könntest du dir vorstellen, mich zu begleiten?"

„Ich habe darüber nachgedacht", entgegnete Sandra. „Ich würde von einem fremden Land in ein nächstes gehen."

„Dein Polnisch ist hervorragend. Außerdem bist du ein

Naturtalent, dich in einem neuen Land zurechtzufinden und es zu deinem Zuhause zu machen."

„Ach, wenn du wüsstest! Wenn ich dich nicht getroffen hätte, meine Liebe, hätte ich es hier nie im Leben so lange ausgehalten."

„In Poznań könnten wir uns zusammen eine große, schöne Wohnung leisten und wir könnten jeden Abend und jede Nacht zusammen sein."

Jetzt war es an Sandra, nachdenklich zu sein:

„Weißt du, hier in London sind wir sozusagen auf neutralem Terrain. Es ist für uns beide ein fremdes Land und nicht unsere Muttersprache. Polen ist dein Land, Poznań ist die Stadt deiner Kindheit. Das politische Engagement von Wiktoria und dir teile ich voll und ganz, doch ihr beiden seid mit mehr Herzblut dabei als ich, weil es um die Zukunft eures Landes geht.

Jetzt, wo ich darüber rede und beim Reden kommen mir immer die besten Ideen, denke ich, es wäre am besten, wenn auch ich in meine Geburtsstadt zurückgehe, nach Frankfurt (Oder). Verdammt, gleich kommen mir die Tränen, was verflucht selten vorkommt. Ich muss an einen dummen Song denken."

Sandra sang aus heiterem Himmel mit rauer, brüchiger Stimme:

„Nichts ist besser als mit dir zu überwintern. Manche fliegen in den Süden, um sich warm zu halten. Doch wir haben keine Kohle und du Angst vor'm Fliegen. Wir besuchen deine Eltern in Frankfurt (Oder). Und dann sitzen wir hier im Gartenpavillon, was du erzählst, hält mich nüchtern und warm und oben am Himmel regnen die Wolken. Ich bin froh, dass du da bist,

froh, dass du da bist. Du wirst mir fehlen, Gosia, das steht fest."

„Poznań liegt genau in der Mitte zwischen Warschau und Frankfurt", stellte Gosia fest, als sie nebeneinander im Bett lagen.

„Du brauchst eine schöne, große Wohnung, in der Wiktoria und ich unser eigenes Zimmer haben und dich jederzeit besuchen können."

„Das habt ihr euch ja prima ausgedacht", beschwerte sich Gosia.

„Sprich mit deiner verwöhnten Tochter", erwiderte Sandra. „Es war ihre Idee."

„Was willst du in Frankfurt (Oder) machen?"

„Das weiß ich noch nicht. Ich werde all meine alten Freunde fragen, einen nach dem anderen. Bestimmt hat jemand Verwendung für jemanden, der drei Sprachen spricht."

„Du freust dich darauf zurückzukommen, nicht wahr?", sagte Gosia.

„Vor allem freue ich mich darauf, endlich wieder in meiner Muttersprache ein paar faule Mädchen über den Fußballplatz scheuchen zu können", gab Sandra zu.

11. Kapitel: Die Ermittlungen gehen weiter

Petra Schumacher traf Bernard Kaczmareks Witwe auf einem ökologischen Bauernhof im Oderbruch. Dort hatte Matthias, ihr Sohn aus erster Ehe, mit ein paar Gleichgesinnten eine landwirtschaftliche Brache gekauft und sie „Landwirtschaftliche Produktionsgenossenschaft Oderbruch" (LPGO) genannt. Heike Kaczmarek war immer noch ein Häuflein Elend, blass, abgemagert und nah am Wasser gebaut und es war für sie unvorstellbar, in absehbarer Zeit in die Wohnung in der Frankfurter Lindenstraße zurückzukehren, wo sie ihren Mann tot auf dem Balkon gefunden hatte.

Sie saßen auf einer hübschen, pastellgrün gestrichenen Veranda und tranken selbstgerösteten Kaffee. Der Pflaumenkuchen war selbstverständlich auch selbstgebacken, von Jessica, einer von Matthias` Mitgesellschafterinnen. Petra Schumacher genoss all das, weil es für sie Seltenheitswert hatte, doch leider war sie nicht hergekommen, um das Landleben zu genießen.

„Wie lange waren Sie verheiratet, Frau Kaczmarek?"

„Neun Jahre, fast genau neun Jahre."

„Wie haben Sie Ihren späteren Mann kennengelernt?"

„Auf einer Klassenfahrt meines Sohnes."

„Ach so, er war ein Lehrer von Matthias."

„Matthias war gerade aufs Gymnasium gekommen", erzählte Frau Kaczmarek. „Das neue Schuljahr begann mit einer Klassenfahrt, damit sich alle kennenlernen konnten. Es war Bernards erste Klasse, noch dazu als Klassenlehrer. Er kam bei den Kindern sehr gut an, er hat den ganzen Tag mit ihnen Sport getrieben, Basketball, Volleyball, Fußball. Die Kinder fielen abends um zehn todmüde ins Bett und ich saß mit ihm am See und trank Rotwein. Ich war als begleitendes Elternteil mitgefahren."

„Darf ich Sie fragen, wie die Beziehung zwischen Ihrem Sohn und Ihrem verstorbenen Ehemann in den letzten Jahren war?"

„Na ja, Pubertät eben. Politisch waren sie auf einer Wellenlänge, aber sonst haben sie sich häufig gestritten."

„Worüber?"

„Bernard fand, Matthias tue zu wenig für die Schule und mache zu wenig aus seinen Möglichkeiten. Seine Begeisterung für die Landwirtschaft teilte Bernard überhaupt nicht. Er war der Meinung, das wäre nichts für Matthias."

„Sahen Sie das ebenso?"

„Ich fand, es passt zu ihm. Er war schon immer gern draußen an der frischen Luft und in der Natur und er liebt Tiere. Sicher, körperliche Arbeit geht ihm nicht so leicht von der Hand, er hätte auch Chemie oder Biologie studieren können. Doch das Interesse für Naturwissenschaften hilft ihm hier auf dem Hof auch."

„Hat Matthias noch Kontakt zu seinem Vater?"

„Nein, ebenso wenig wie ich. Er lebt in Frankfurt am Main. Ich habe mich von ihm getrennt, als Matthias ein Jahr alt war. Er hat überhaupt keine Erinnerungen an ihn."

„Wie alt waren Sie, als Sie Matthias zur Welt brachten?"

„Achtzehn."

„Und dann haben Sie Matthias zehn Jahre lang alleine großgezogen?"

„Elf Jahre, um genau zu sein, aber ja."

„Meine Hochachtung, Frau Kaczmarek. Ich habe keine Kinder, deswegen bewundere ich Menschen, die Kinder in der heutigen Zeit begleiten, unterstützen und viel für sie opfern."

Frau Kaczmarek vergrub ihr Gesicht in den Händen und fing an zu weinen. Petra Schumacher setzte sich neben sie auf die Bank und versuchte, sie zu trösten.

„Bitte entschuldigen Sie, wenn ich etwas gesagt haben sollte, was Ihnen weh tut."

„Nein, nein", schluchzte Heike Kaczmarek, „es ist nicht Ihre Schuld."

Petra Schumacher reichte ihr ein Taschentuch.

„Lassen Sie nur, ich hab` selbst welche. Ich verbrauche in letzter Zeit jeden Tag eine Packung."

Sie lachte auf.

„Wissen Sie, ich habe Bernard geliebt und ich habe wirklich keine Ahnung, wer ihn getötet hat. Wer überhaupt auf solch eine Idee kommen konnte! Politik ist das Eine, sie ist eine wichtige Sache und sie kann Menschen gegeneinander aufbringen, aber doch nicht so, dass man deswegen jemanden umbringt!"

Sie nahm erneut ein Taschentuch zur Hilfe.

„Opfer bringen, Sie haben eben gesagt, dass ich viel geopfert habe", schluchzte sie. „Ich muss zugeben, dass die letzten Jahre nicht einfach für mich waren."

Sie konnte mühsam einen nächsten Tränenausbruch zurückhalten.

„Bernard war mir nicht immer treu. Von mindestens zwei Malen weiß ich es mit Sicherheit, weil er es mir gesagt hat. Aber ich liebte ihn und er liebte mich auch und ich wollte nicht noch einmal alleine leben."

„Wäre es Ihnen möglich, Frau Kaczmarek, mir die Namen der Frauen zu nennen, mit denen Ihr verstorbener Mann eine Beziehung hatte?"

Petra Schumacher bekam von Heike Kaczmarek nur einen Namen. Beim zweiten glaubte sie, dass die Beziehung schon lange Geschichte war.

Als Wojtek Miłosz sie anrief, war Ewelina Krauze überhaupt nicht überrascht.

„Ich habe in der Zeitung von Bernards Tod erfahren. Da dachte ich mir, dass sich die Polizei früher oder später bei mir melden würde."

„Wo können wir ungestört reden, *Pani Ewelino*?"

„Bei mir zu Hause."

„Sind Sie sicher?"

„Wenn Sie vor sechzehn Uhr wieder gehen, wird mein Mann nichts davon erfahren. Wenn wir uns an einem öffentlichen Ort treffen, in einem Café oder in einem Park, wäre das Risiko, dass jemand davon mitbekommt, viel größer."

„Ihr Mann hat keine Ahnung davon, dass Sie eine Beziehung mit Herrn Kaczmarek hatten?"

„Auf keinen Fall", beteuerte *Pani Ewelina*.

Ewelina Krauze wohnte in der obersten Etage eines Hochhauses in der *Osiedle Kopernika*. Man hatte einen bezaubernden Blick auf die Oder und auf beide Städte.

„Von hier oben haben Sie alles im Blick", staunte Wojtek Miłosz.

„Wenn ich Langeweile hätte, würde ich mir ein Fernglas anschaffen und den halben Tag das Leben auf beiden Seiten beobachten."

„Sie würden früher oder später allen Geheimnissen der Doppelstadt auf die Schliche kommen."

„Oh, mein Gott", stieß sie hervor und hielt sich die Hand vor den Mund. „Sagen Sie so etwas nicht. Wer zu viel weiß, der lebt gefährlich. Gesegnet sind die Unbedarften, denn ihnen gehört das Himmelreich."

Ewelina Krauze musterte den Kommissar vergnügt und Wojtek Miłosz war sich nicht sicher, ob sie es ernst gemeint oder sich nur einen Scherz erlaubt hatte. Sie hatte eine verblüffende Ähnlichkeit mit dem Foto, das Petra Schumacher ihm von Kaczmareks Ehefrau gezeigt hatte. Blond gefärbte Haare, Augen von undefinierbarer Farbe und ein hübsches, natürliches Gesicht.

„Wie haben Sie Herrn Kaczmarek kennen gelernt?", fragte Wojtek Miłosz.

„Auf der LGBTQ-Demonstration vor zwei Jahren, dem „Marsch für Gleichberechtigung"."

Wojtek Miłosz zog überrascht die Augenbrauen in die Höhe.

„Er hat auf der Kundgebung auf dem Plac Bohaterów eine Rede gehalten, die ich sehr beeindruckend fand. Er sah gut aus und ich dachte mir, wenn mein Mann sich ab und zu einen Seitensprung gönnt, dann kann ich das wohl auch."

Frau Krauze machte eine Pause, als wartete sie auf einen Kommentar des Kommissars.

„Reden Sie nur weiter, *Pani Ewelino*", sagte Wojtek Miłosz, „ich bin ganz Ohr."

„Ich habe während des Marsches unauffällig seine Nähe gesucht. Zunächst haben wir nur Blicke ausgetauscht. Da merkte ich schon, dass etwas draus werden könnte. Ich habe abgewartet, bis die Demonstration zu Ende war und sich die Teilnehmer in alle Himmelsrichtungen zerstreuten. Da hab` ich ihn einfach angesprochen."

„Wussten Sie, dass er verheiratet war?"

„Natürlich."

„Auch, dass er außereheliche Beziehungen unterhielt?"

„Man erzählte sich davon. Ich glaube jedoch, ach was, ich bin mir sicher, dass ich in der letzten Zeit seine einzige Geliebte war."

„Sie kommen mir sehr gefasst vor, *Pani Ewelino*", sagte Wojtek Miłosz plötzlich.

„Sie haben Recht. Ich bin selbst überrascht darüber. Als ich vor drei Tagen von seinem Tod erfuhr, war mein Mann in meiner Gegenwart. Ich musste verbergen, was ich fühlte. Ich glaube, in dem Moment hätte ich heulen können. Als ich am nächsten Tag allein war, tat er mir sehr leid. Dass er auf solch eine Art und Weise sterben musste."

„Hat er Ihnen gegenüber mal von jemandem erzählt, der ihm nach dem Leben trachten könnte?"

„Wir haben manchmal über Politik geredet. Schließlich haben wir uns auf einer politischen Veranstaltung kennen gelernt. Er hatte viele Feinde, die ihm die Pest an den Hals wünschten oder Schlimmeres. Aber ich kann mich an keine Begegnung erinnern, in der es so hoch hergegangen wäre, dass jemand einen Mord… . Bestimmt wissen Sie besser als ich, dass das doch zwei verschiedene Paar Schuhe sind: Jemandem den Tod zu wünschen und jemanden tatsächlich zu töten. Dafür muss man sich eine Waffe beschaffen und den Mord planen."

„Können Sie sich vorstellen, dass jemand in der Lage ist, aus Eifersucht zu töten?"

Pani Ewelina nickte bedächtig.

„Ich habe den Eindruck, dass er mit Ihnen sehr offen über alles geredet hat", sagte Wojtek Miłosz. „Habe ich Recht?"

„Oh ja, mit mir konnte Berni über alles reden. Noch dazu auf Polnisch. Können Sie sich vorstellen, was das für einen Unterschied macht?"

„Das kann ich durchaus."

„Richtig, Sie müssen auf der Arbeit ja auch den ganzen Tag Deutsch reden. Bernard sprach hervorragend Deutsch, so wie Sie gewiss auch. Sein Akzent war minimal, er machte sehr wenig Fehler."

„Verstehen Sie auch Deutsch?"

„Ein wenig. Ich weiß nur, wie andere sein Deutsch beurteilt haben. Was ich sagen wollte: Er konnte seine Liebe in seiner Muttersprache anders ausdrücken als in der Fremdsprache Deutsch. Deswegen war die Beziehung zu mir etwas Besonderes für ihn."

„Hat er Ihnen einmal von einem gehörnten Ehemann erzählt?"

„Daran kann ich mich nicht erinnern", antwortete *Pani Ewelina* und legte den Kopf schief, als würde sie darüber nachdenken, ob die Aussage tatsächlich stimmte.

Wojtek Miłosz wartete ab, bevor er seine letzte Frage stellte:

„Glauben Sie, dass Ihr Mann Herrn Kaczmarek nach dem Leben hätte trachten können, wenn er von Ihrer Affäre mit ihm gewusst hätte?"

„Ich wusste die ganze Zeit, dass Sie mir diese Frage stellen würden. Ich sage es mal so: Mein Mann wäre wütend. Er könnte mich schlagen, im Affekt und mit einem Gegenstand einen anderen Gegenstand zertrümmern. Er würde sich eventuell von mir scheiden lassen wollen, aber er würde keinesfalls meinen Liebhaber ermorden. Nie im Leben!"

12. Kapitel: Bei einem Fußballspiel werden Lektionen fürs Leben gelernt

Eleonore, genannt Elli, war erst zwölf Jahre alt, klein und vom Körperbau genauso wenig für den Fußball geeignet, wie man es von Messi in seiner Jugend auch behauptet hatte. Dabei hatte Elli nichts von Messis Fähigkeit, seine Gegner auf einem Bierdeckel schwindelig zu spielen. Ellis Begabung lag darin, wie eine gute Schachspielerin stets die nächsten zwei, drei Spielzüge des Gegners vorauszuahnen und ihr eigenes Abwehrverhalten und das ihrer Mitspielerinnen darauf auszurichten. Manchmal wusste sie im Moment des gegnerischen Angriffs schon, wie sie den Konter einleiten würde, wenn sie im Besitz des Balles war.

Es war Wochenende und es ging im Spitzenspiel gegen den Tabellenführer aus Fürstenwalde. Kurz vor der Pause stand es eins zu eins. Ellis Team war gerade weit nach vorne aufgerückt und spielte sich rund um den Strafraum den Ball zu, auf der Suche nach einer guten Schussposition oder nach der Gelegenheit zu einem Pass in die Schnittstelle, ganz so wie sie es im Training gelernt hatten. Eine Mittelfeldspielerin wusste sich nicht anders zu helfen, als den Ball auf Ellis rechte Außenverteidigerin zurückzulegen. Diese hatte in dem Augenblick wohl nicht damit gerechnet und stand zu weit weg vom Ball. Eine Gegnerin ging dazwischen und stürmte mit dem Ball auf und davon. Elli wies zwei Mittelfeldspielerinnen an, mit zurückzulaufen, doch nur eine von ihnen reagierte schnell genug. Elli war gegen die Angreiferin auf sich allein gestellt und entschied sich gegen eine Notbremse, weil sie ja noch eine ganze Halbzeit vor sich hatten, um einen eventuellen Gegentreffer aufzuholen. Elli konnte den Pass auf die eingelaufene Stürmerin nicht verhindern. Die linke Außenverteidigerin kam zu spät und der Ball schlug im Tor ein. Elli war außer sich und schrie erst die Läuferinnen an, die nicht schnell genug zurückgeeilt waren und dann die rechte Verteidigerin, die den Ball vertändelt hatte. Kurz darauf ertönte der Halbzeitpfiff. Sandra fing Elli noch vor der Teambesprechung ab.

„Setz dich hin, Elli und hör mir zu. Natürlich hast du Recht, aber darum geht es nicht. Es geht darum, was ihr daraus lernt und ob ihr es schafft, die zweite Hälfte besser zu bestreiten."

„Ich weiß, was du mir sagen willst", unterbrach Elli.

„Das mag sein", erwiderte Sandra. „Aber hör mir trotzdem zu. Lena und Sophie kannst du auf dem Feld zusammenstauchen. Die brauchen das manchmal, um sich zusammenzureißen und die können damit umgehen. Debbie aber nicht. Die ist jetzt für den Rest des Spiels völlig verunsichert und du hast ein Problem an der Backe, das die Gegnerinnen, wenn sie clever sind, eiskalt ausnutzen werden."

„Ich soll ihr Streicheleinheiten geben, damit sie beim nächsten Mal besser aufpasst."

Sandra sah sie mit einem strafenden Blick an.

„Also gut, ich hör dir zu."

„Bist du sicher, dass du dich vorher nicht noch eine Runde auskotzen musst?"

Elli spuckte auf den Boden, wie sie es sich bei den männlichen Profis abgeguckt hatte.

„Verflucht, die sind keinen Deut besser als wir. Wir bestimmen das Spiel und wenn wir geduldig bleiben und im entscheidenden Augenblick das Tempo erhöhen, können wir noch mindestens zwei Treffer erzielen."

„Genau, aber für diesen Plan brauchst du Debbie, sonst werdet ihr über die rechte Abwehrseite noch mindestens ein Tor kassieren."

Elli riss ein paar Grashalme aus zerstückelte sie in gleichlange Teile.

„Also gut", seufzte sie. „Debbies Stärke ist es, sich im Eins zu Eins dagegenzustellen und im entscheidenden Moment den Ball wegzugrätschen. Das gleicht ihre Schwäche, nicht die Schnellste zu sein, wieder aus, so lange sie sich nicht durch einen schnellen Antritt überrumpeln lässt. Das heißt", überlegte Elli, „das heißt, sie darf bei unserem Angriff nicht zu weit aufrücken."

„Drei, vier Schritte zurück, das reicht", ergänzte Sandra. „Und was musst du Debbie jetzt gleich als Erstes sagen?"

„Fehler passieren, Schwamm drüber, wir schauen nach vorne?", säuselte Elli ohne Überzeugung.

„Du musst schon selbst daran glauben, was du sagst, meine Liebe, sonst wird das nichts."

„Ja, verdammt, Fehler sind scheiße, aber sie kommen vor. Wir schaffen das! Und wenn was schief geht, bin immer noch ich da."

Sandra boxte Elli auf die Schulter und schickte sie zu den anderen. Sie ließ Elli die Halbzeitansprache halten und stand bloß mit verschränkten Armen daneben. Manchmal nickte sie zur Bestätigung und zum Schluss klatschte sie sich mit allen ab.

In der zweiten Halbzeit verteidigten die Fürstenwalde-rinnen zäh, es war einfach kein Durchkommen. Doch auch Debbie und Elli ließen mit tatkräftiger Unterstützung ihres Mittelfeldes hinten nichts mehr anbrennen. Zehn Minuten vor Schluss war es dann endlich soweit, der eine Moment, in dem Isabel die Lücke sah und Laura hineinlief, den Ball klasse mitnahm und an der herausstürmenden Torhüterin vorbei ins lange Eck vollendete. Zwei zu zwei. Nach dem Torjubel schauten alle zu Sandra, die an der Seitenlinie stand und drei Finger in die Höhe reckte. Das war das ver-abredete Signal, auf Sieg zu spielen, auf drei Punkte näm-lich.

Kurz vor Schluss holte Isabel einen Eckball heraus. Isabel spielte die Ecke kurz auf Debbie, Debbie hatte viel Zeit, sich den Ball zurechtzulegen und an den Elfmeter-punkt zu flanken, wie sie es oft geübt hatten. Elli sprang in die Höhe und erwischte den Ball vor den Abwehrspielerin-nen, die allesamt einen halben Kopf größer waren als sie. Aber sie köpfte den Ball trotzdem über alle hinweg ins Tor.

Sandra wohnte in der vierten Etage eines Altbaus im Jugendstil in der Słubicer ul. Jedności Robotniczej. Von ih-rem Wohnzimmer hatte sie einen freien Blick auf das Col-legium Polonicum, die Deichpromenade, den Fluss und die Silhouette der Stadt Frankfurt mit dem Rathaus, der Marienkirche und dem Oderturm. Am Abend nach dem gewonnenen Spiel gegen Fürstenwalde, das ihrem Team die Tabellenführung einbrachte, goss Sandra zur Feier des Tages eine Flasche Tonic Water in einen Maßhumpen und garnierte ihn mit einer Zitronenscheibe. Dann löschte sie in der ganzen Wohnung das Licht und zog sich aus. Die Kleidungsstücke legte sie eines nach dem anderen über den Stuhl im Schlafzimmer. Sie trat an das Balkonfenster und schaute in die Nacht und wie sich die Lichter der Stadt und das Grün und Blau der Stadtbrücke auf dem Wasser spiegelten. Sie strich prüfend über die Haut am ganzen Körper und sagte zu sich selbst:

„Kein Gramm Fett zu viel, alles Muskeln. Na ja, fast alles, würde Gosia jetzt sagen."

13. Kapitel: Matuschek denkt über die Zukunft nach und sehnt sich wieder nach deutsch-polnischer Kriminalistik

Matuschek lag auf seinem Sofa und sah lustlos eine Zusammenfassung der bisherigen vier deutschen WM-Titel. Anders als viele in der DDR aufgewachsene Fußballfans konnte er sich mit den Weltmeisterschaften von 1954, 1974 und 1990 ebenso gut identifizieren wie mit dem ersten gesamtdeutschen Titel 2014. Er dachte an seinen alten Vater, der in einem Altersheim in Frankfurt (Oder) vor sich hindämmerte und mit dem man sich über nichts anderes mehr unterhalten konnte als über die längst vergangene Fußball-Glorie der DDR und des FC Vorwärts. Manchmal war er sich nicht einmal sicher, ob sein alter Herr ihn tatsächlich noch erkannte oder ob sein Anblick nicht lediglich der Auslöser dafür war, dass in seinem Hirn ein Film mit Erinnerungen ablief, genauso wie der Filmemacher seinen Text über die vier deutschen Weltmeisterschaften vom Bildschirm ablas. Der Text würde auch beim achten und neunten Mal derselbe sein, so wie die Fußballerinnerungen seines dementen Vaters.

Matuschek war schlechter Stimmung. Franziska war Hunderte Kilometer weit entfernt, auf Lesereise in Großbritannien. Sie war stolz und glücklich und hätte ihre Freude gern mit ihm geteilt. Er hatte keine Lust, ihren Anruf anzunehmen und begnügte sich mit ein paar WhatsApp-Nachrichten.

Die Arbeit in der Soko Rechtsradikalismus Mecklenburg-Vorpommern verschaffte ihm nicht annähernd so viel Befriedigung wie Franziska ihre Schriftstellerinnentätigkeit. Es war frustrierend, wie wenig die Polizei ausrichten konnte. Es war, als ob der Hydra für jeden Kopf, den man ihr mühselig abschlug, drei neue nachwuchsen. Die Polizei war personell und finanziell viel zu schlecht ausgestattet und eigentlich hätte man ganz woanders ansetzen und in jede Ortschaft der Region zwei Sozialarbeiter schicken müssen, die von morgens bis abends in den Schulen und in den Vereinen mit den Leuten redeten und dort mit anpackten, wo es nötig war. Mit den Kids Schularbeiten machen und in den Firmen vor Ort ein paar Euro für die Anschaffung neuer Trikots zusammenklappern.

Wie so oft, wenn Matuschek Trübsal blies, trank er ein, zwei Bierchen zu viel und war gerade eingenickt, als ihn das Piepsen einer neuen Nachricht weckte:

– Matuschek, altes Haus, hast du von deiner früheren Chefin schon erfahren, dass wir an einem grenzüberschreitenden Fall arbeiten?

– Das ist ja unerhört!, schrieb Matuschek zurück. Petra lässt schon lange nichts mehr von sich hören.

– Willst du wissen, worum es geht?

– Schieß los!

– Wir ermitteln in der politischen Szene. Nicht in der Parteipolitik, wie beim ersten Fall vor zehn Jahren, sondern in der Bürgerbewegung von Links und Rechts. Einer der Anführer der Linken ist erschossen worden, ein in Frankfurt lebender Pole und noch dazu in deinem ehemaligen Kiez, in der Lindenstraße.

– Scheiße!

– Wie geht es dir da oben an der schönen Ostsee?

– Der Kampf gegen Rechts ist ein Fass ohne Boden, eine Sisyphus-Arbeit, nur schlimmer, denn Sisyphus sah zumindest einen Sinn darin, den Stein jedes Mal wieder den Berg hinaufzurollen.

– Es ist überall dasselbe, schrieb Miłosz zurück. Am Ende ist man auf sich allein gestellt.

– Du hast Petra!, widersprach Matuschek. Die beste Chefin der Welt.

– Du hast Franziska!

– Schön wär's, mein Lieber! Meine berühmte Schriftstellerin tourt durch Europa und lässt sich feiern und ich versauere hier auf dem Sofa.

– Geh ans Wasser und lass dir das Hirn durchpusten!, riet Miłosz. Du hast das Meer vor der Nase, du Glücklicher!

– Hast du noch mehr kluge Ratschläge parat?

– Wie du willst: Ruf Petra an, sag ihr, du hast von den Rechten an der Küste die Schnauze voll und willst lieber wieder in deiner Heimatstadt für das Gute kämpfen. Sie könnte dich gut gebrauchen. Jetzt muss sie selbst Ermittlungsarbeit machen und für den Papierkram haut sie sich die Nächte um die Ohren.

– Ach, die Brandenburger Polizei hat doch genauso wenig Geld für zusätzliches Personal wie die Mecklenburger.

– Fragen kostet nichts!, lautete Miłosz` letzter kluger Rat.

Matuschek lief die paar hundert Meter an den Strand und barfuß ins kalte Wasser. Mit einem Schlag war er wieder nüchtern:

Franziska war die beste Frau von allen, die ihm in seinem Leben begegnet waren. Wenn er nicht wollte, dass sie ihn verließ, weil er zu alt für sie war, durfte er sich nicht wie ein alter Jammerlappen aufführen. Er musste mit Petra reden und im Falle einer positiven Antwort in Ruhe die Vor– und Nachteile abwägen. Wenn es doch bloß jedes Jahr einen ordentlichen Mord in der Doppelstadt geben würde! Hübsch im Wechsel, einmal auf der deutschen und einmal auf der polnischen Seite. Nein, noch besser: Er würde bei der Polizei Meck-Pomm bleiben und sich bloß von Zeit zu Zeit beurlauben lassen, wenn in Frankfurt Not am Mann war, auf Honorarbasis. Für die Beziehung zu Franziska wäre die Entfernung kein Problem. Hatte zuvor ja auch ein paar Jahre lang gut funktioniert.

Matuschek eilte nach Hause und sendete Franziska eine Nachricht:

– Ich freue mich, dass du so viel Erfolg hast und bin sehr stolz auf dich. Doch noch mehr freue ich mich, wenn du wieder zu Hause bist!

14. Kapitel: „Man wird doch wohl noch seine Meinung sagen dürfen in diesem Land" oder: Wojtek Miłosz ermittelt auf eigene Faust

Miłosz hatte im Flur von *Pani Ewelinas* Wohnung ein Set mit funkelnagelneuen Boules-Kugeln von IKEA entdeckt.

„Spielen Sie Boules?", fragte er erstaunt.

„Wo denken Sie hin? Das ist ein Zeitvertreib für Männer."

„Wissen Sie, wo Ihr Mann spielt?"

„In Frankfurt, in einem Park mit einem Denkmal für sowjetische Soldaten."

Was für ein Zufall!, dachte Miłosz. Das ist nur einen Steinwurf vom Mord in der Lindenstraße entfernt.

An diesem Tag spielten im Anger nur drei Männer. Sie spielten, soweit Wojtek das beurteilen konnte, sehr gut und mit einer Ernsthaftigkeit, als ginge es um alles oder nichts.

„Guten Tag, die Herren, hätten Sie etwas dagegen, dass ich eine Partie mit Ihnen spiele, wenn Sie Ihre Runde beendet haben?", sagte Wojtek Miłosz frei heraus. „Ich spiele sehr gern, habe aber leider viel zu selten die Gelegenheit dazu."

„Dann kommen Sie doch mal an einem Dienstag um 17 Uhr", bekam er zur Antwort. „Wir spielen hier jede Woche. Es gibt Spieler auf jedem Niveau."

„Um 17 Uhr, sagen Sie, ich fürchte, da muss ich noch arbeiten."

„Was arbeiten Sie denn, wenn ich fragen darf?"

„Bei Arcelor Mittal, in Eisenhüttenstadt, in der Marketingabteilung", antwortete Wojtek Miłosz.

„Sie sind kein Deutscher, habe ich Recht?"

„Das ist richtig."

„Darf ich raten? Sie sind Pole?"

„Schon wieder richtig", erwiderte Wojtek Miłosz erfreut.

„Wo haben Sie so gut Deutsch gelernt?"

„Am Gymnasium Nr. 1, hier in Frankfurt."

„Da schau an!"

„Schauen Sie doch einfach eine Weile zu, bei uns können Sie noch etwas lernen", lachte einer der drei Männer und die anderen beiden stimmten ihm zu.

„Sagen Sie", meldete sich einer zwischen zwei Würfen zu Wort, „ich war schon lange nicht mehr in Hütte. Das muss doch mittlerweile unerträglich sein, mit all den Flüchtlingen in der Stadt."

„Ach, wissen Sie", antwortete Wojtek Miłosz, „davon bekommt man in der Stadt nicht so viel mit. Die meisten bewegen sich zwischen der ehemaligen Kaserne, in der sie untergebracht sind, dem Jobcenter und dem Supermarkt. Kontakte mit der Stadtbevölkerung gibt es kaum."

„Soweit ich weiß, hat bei der Landratswahl unlängst über die Hälfte der Eisenhüttenstädter für den Kandidaten der AfD gestimmt. Wohl nicht deswegen, weil der AfD-Mann ein solch toller Kandidat gewesen ist, sondern weil sie finden, dass zu viele Flüchtlinge in der Stadt leben. Wie sehen Sie das?"

„Wahrscheinlich haben Sie Recht", gab Wojtek Miłosz zu. „Ich persönlich bedaure dies jedoch."

„Was bedauern Sie?"

„Dass so viele Menschen dem Flüchtlingsthema eine solch große Bedeutung beimessen."

„Was ist denn Ihre Meinung zu dem Thema?", wollte man von Wojtek Miłosz wissen.

„Maßnahmen für den Klimaschutz auf der ganzen Welt sind hundertmal wichtiger. Denn wenn wir es nicht schaffen, den Klimawandel in einigermaßen erträglichen Grenzen zu halten, werden sich schon bald Flüchtlingsmassen auf den Weg machen, die die Anzahl von Menschen, die derzeit nach Europa wollen, um ein Vielfaches in den Schatten stellen, weil sie in ihren Heimatländern schlicht nicht mehr leben können."

„Hört, hört!"

„Wenn eine Partei wie die AfD einerseits das Flüchtlingsthema für sehr bedeutsam hält, andererseits aber die Bedrohung durch den Klimawandel herunterspielt, ist das entweder Volksverdummung oder Brandstiftung oder beides."

„Haben Sie als Pole überhaupt das Recht, über die AfD zu urteilen?", wurde Wojtek Miłosz gefragt.

„Na, hören Sie", erwiderte Miłosz, „ich zahle in Deutschland meine Steuern, genauso wie Sie. Da werde ich ja wohl das Recht haben, meine Meinung zu sagen zu der Frage, ob zu viele Flüchtlinge in Eisenhüttenstadt oder sonst wo in Deutschland leben. Übrigens haben Sie mich selbst nach meiner Meinung gefragt. Möchten Sie noch zu einem anderen Thema meine Meinung erfahren?"

„Lasst uns das Spiel zu Ende spielen", beendete einer die Diskussion.

„Einverstanden, wer ist dran?"

„Noch einen schönen Abend, die Herren", sagte Wojtek Miłosz leutselig. „Vielleicht sehen wir uns demnächst beim Boulesspielen wieder."

15. Kapitel: Petra Schumacher und Wojtek Miłosz tun, was sie können und ermitteln in zwei Richtungen

Wojtek Miłosz saß am Beratungstisch im Büro seiner Chefin und präsentierte ihr am Laptop die Ergebnisse seiner Recherchen in der Frankfurter rechten Szene.

„Die einschlägig bekannten Neonazis halten sich derzeit zurück und lassen die anderen machen. Zu den anderen gehören Lutz Schütze und Klaus Schmidt. Schmidt ist ein pensionierter Finanzbeamter und einer der Anführer der sogenannten „Montagsspaziergänge für Frieden und Freiheit", Schütze ist Malermeister und auch ein passionierter Spaziergänger. Ich habe beide gestern rein zufällig kennengelernt, beim Boulesspielen im Anger."

„Ausgerechnet im Anger", stellte Petra verwundert fest.

„Sie hegen einen tiefen Hass auf Linke und Grüne. Die Art und Weise, wie sie auf meine Bemerkungen reagiert haben, von denen sie glaubten, sie kämen von einem leitenden Mitarbeiter von Arcelor Mittal, lässt darauf schließen, dass ein Pole, der in Frankfurt die Stadt aufmischt, sie besonders wütend gemacht hat."

„Man müsste recherchieren, welche Verbindungen es zwischen den Wutbürgern und der gewaltbereiten Szene gibt. Dort gibt es einige, die wegen Schusswaffendelikten vorbestraft sind. Bloß fehlt uns dazu mal wieder das Personal", ärgerte sich Petra Schumacher.

„Auf eine Überstunde mehr oder weniger kommt es auch nicht mehr an", offerierte sich Wojtek Miłosz.

„Du kennst dich in der Szene nicht sonderlich gut aus", gab Petra zu bedenken.

„Hat Bernd Matuschek sich schon bei dir gemeldet?"

„Wie kommst du darauf?"

„Ich habe ihm von unserem grenzüberschreitenden Fall erzählt. Das reizt ihn sehr, die Arbeit da oben macht ihn nicht glücklich."

„Was ist mit Franziska?"

„Matuschek sagt, sie hatten vorher auch eine Fernbeziehung und es hat funktioniert."

„Das ist ein Lichtblick im Tunnel!", freute sich Petra Schumacher. „Lass mich mal kurz telefonieren."

Die Personalabteilung machte Petra Schumacher Hoffnung, dass sich kurzfristig Geld finden ließen, wenigstens für 30 Stunden pro Woche. Dann schickte sie Bernd Matuschek eine Nachricht, in der sie ein Gespräch am Abend vorschlug.

„Das wäre erledigt", sagte Petra zufrieden. „Nun zu der zweiten Hypothese: Mord aus Eifersucht."

„Kaczmareks Frau scheidet als Mörderin oder als Auftraggeberin des Bärtigen auf der Parkbank aus", fing Miłosz an. „Sie hatte sich mit der Untreue ihres Mannes mehr oder weniger abgefunden. Ihre Trauer um seinen Tod ist ehrlich.

Ewelina Krauzes Ehemann kommt auch nicht in Frage, weil er wahrscheinlich von der Affäre seiner Frau nichts wusste.

Es könnte sein, dass in der Stadt noch ein oder zwei Frauen herumlaufen, mit denen Kaczmarek zum Zeitpunkt des Mordes ein Verhältnis hatte. Er hatte eine besondere Vorliebe für Polinnen, blonde, hübsche Frauen ohne Schönheits-OP Ende Dreißig, Anfang Vierzig. Doch wie kommen wir an die ran? Wir können uns ja schlecht auf die Stadtbrücke stellen und jede Frau ansprechen, die Kaczmareks Ehefrau und *Pani Ewelina* ähnlich sehen."

„Klar können wir das", widersprach Petra Schumacher. „Wie bitte?"

„Nicht auf der Stadtbrücke, sondern auf Kaczmareks Beerdigung, die in einer Stunde stattfindet."

Wojtek Miłosz war vor zehn Jahren zum ersten Mal auf dem Frankfurter Friedhof gewesen, ganz am Anfang seines ersten grenzüberschreitenden Falls. Damals hatten Bernd Matuschek und er auf der Beerdigung des Bauunternehmers, Kommunalpolitikers und sozialen Wohltäters Hans-Werner Oderberg die Stadtgesellschaft in Augenschein genommen. Es hatte geregnet, erinnerte er sich. Heute schien die Sonne und die Gäste, die der Beisetzung beiwohnten, kamen in ihrer dunklen Trauerkleidung gehörig ins Schwitzen.

Petra Schumacher und Wojtek Miłosz trafen gerade ein, als die Gesellschaft die Trauerhalle verließ. Um die siebzig, achtzig Menschen folgten dem Sarg hinter Kaczmareks Witwe und ihrem Sohn. Der Trauermarsch führte bis ans Ende des Friedhofs, an dem man den Autoverkehr hörte, der über den Autobahnzubringer floss. Der Sarg wurde ins Grab hinuntergelassen und alle reihten sich in eine Schlange ein, um die mitgebrachten Blumengebinde auf den Sarg zu werfen. Petra Schumacher und Wojtek Miłosz hielten sich abseits, anders als vor zehn Jahren galt ihr Interesse dieses Mal nicht den Vertretern der lokalen Politik.

„Ich sehe niemanden, die in Frage kommt", raunte Petra Schumacher hinter vorgehaltener Hand.

Wojtek Miłosz pflichtete ihr bei.

„Wie dumm wir doch sind!", sagte Petra plötzlich. „Wir haben einen Denkfehler begangen. Wenn hier eine Geliebte von Bernard Kaczmarek gekommen ist, um sich von ihm zu verabschieden, wird sie kaum in der ersten Reihe stehen. Sie will nicht gesehen werden."

Wojtek Miłosz schaute über seine Schulter.

„Wir durchkämmen die unmittelbare Umgebung", entschied die Chefin. „Du rechts und ich links."

Petra schlängelte sich an einer Hecke vorbei, lief querbeet bis zum nächsten Kiesweg und schaute sich um. An einem der nächsten Gräber stand mit dem Rücken zu ihr eine blonde Frau mit einer kleinen Plastikgießkanne, in der jedoch kein Wasser war.

„Entschuldigen Sie bitte", sprach Petra sie an.

Die Frau fuhr herum und sah aus, als würde sie dem Leibhaftigen ins Antlitz blicken.

„Sind Sie auch zur Beerdigung von Bernard Kaczmarek gekommen?", fragte Petra hartnäckig weiter.

„Wer sind Sie?", stieß die Frau hervor.

„Haben Sie keine Angst. Ich bin von der Kriminalpolizei. Wir versuchen, den Mord an Herrn Kaczmarek aufzuklären."

Die Frau brach in Tränen aus und verbarg ihr Gesicht in den Händen. Petra näherte sich ihr behutsam und legte einen Arm um sie.

„Ich hab` ihn geliebt, glauben Sie mir."

„Lassen Sie uns ein Stück gehen", schlug Petra vor. „Wir

können ja noch einmal zurückkommen, wenn alle anderen gegangen sind."

Die Frau leistete keinen Widerstand. Sie ähnelte den anderen beiden, die Wojtek und sie bereits kennen gelernt hatten, auf eine frappierende Weise.

„Mein Name ist Schumacher", sagte Petra und zeigte ihre Dienstmarke.

„Ich heiße Lewandowska, Aneta."

„Woher kannten Sie Herrn Kaczmarek, Frau Lewandowska?"

„Aus der Schule. Ich bin dort Lehrerin für Englisch und Französisch."

„Wer wusste von Ihrer Beziehung?", fragte Petra gerade heraus weiter.

„Niemand."

„In der Schule hat keiner davon mitbekommen?", fragte Petra ungläubig.

„Dort sind wir uns aus dem Weg gegangen."

„Eine andere seiner Freundinnen, mit denen ein Kollege von mir gesprochen hat, hat uns erzählt, dass ihr bewusst war, dass Bernard Kaczmarek zur selben Zeit weitere Beziehungen unterhielt."

Für einen Augenblick glaubte Petra, dass Frau Lewandowska erneut in Tränen ausbrechen würde.

„Er hat mich mehr geliebt als alle anderen", beharrte sie tapfer.

„Das glaube ich Ihnen gern", entgegnete Petra. „Sie möchten gewiss auch, dass wir seinen Mörder finden und einer gerechten Strafe zuführen."

„Natürlich möchte ich das."

„Überlegen sie bitte mal, wer einen Grund gehabt haben könnte, ihn zu töten. Vielleicht jemand, der es nicht ertragen konnte, dass Sie ihn liebten."

Ihr Gesichtsausdruck änderte sich. Die Haut bekam eine gesunde Farbe zurück, die Augen funkelten und der gesamte Körper richtete sich auf.

„Peter!", stieß sie hervor. „Peter Müller-Ortwig, Lehrer für Geschichte und Erdkunde. Mit ihm war ich vier Jahre zusammen. Er hat es bis heute nicht verwunden, dass ich mit ihm Schluss gemacht habe. Er könnte mir nachgestellt und herausgefunden haben, dass ich mit Bernard ein Verhältnis hatte. Ihm traue ich zu, dass er sich an mir rächen wollte, indem er Bernard getötet hat."

„Besaß er eine Waffe?"

„Wer? Peter? Das weiß ich nicht."

„Endlich habe ich dich gefunden!", rief Wojtek Miłosz außer Atem.

„Das ist Kommissar Miłosz, ein Kollege von mir", erklärte Petra.

„Können wir reden?", fragte Wojtek.

„Haben Sie noch etwas zu ergänzen, Frau Lewandowska?", fragte Petra Schumacher. „Dann begleiten wir sie noch ein paar Schritte zum Grab von Herrn Kaczmarek, damit sie dort in Ruhe von ihm Abschied nehmen können."

Das Grab war verwaist, der Sarg war von Blumen zugedeckt. Die Totengräber nahmen wohl erst am nächsten Tag ihre Arbeit wieder auf.

„Haben Sie vielen Dank, Frau Lewandowska. Für den

Fall, dass Ihnen noch etwas einfällt, gebe ich Ihnen meine Visitenkarte. Mein Beileid."

Schumacher und Miłosz entfernten sich über denselben Weg, den die Trauergemeinde vor einer knappen Stunde genommen hatte.

„Was ist passiert, Wojtek?"

„Ich habe auch eine Blondine getroffen, die auf dem Weg zu Kaczmareks Grab war. Als sie mich auf fünfzig Meter Entfernung sah, hat sie kehrtgemacht und Reißaus genommen. Sie war schnell wie der Teufel. Bis zum Ausgang konnte ich höchstens ein paar Meter aufholen. Als ich auf die Straße trat, war sie wie vom Erdboden verschluckt. Ich bin zweimal um die Kreuzung herumgelaufen, ich habe Leute gefragt, an der Straßenbahnhaltestelle und im Blumenladen. Ohne Erfolg."

„Sie muss dich erkannt haben."

„Woher? Sie kam mir überhaupt nicht bekannt vor, auf die Entfernung, bloß dass sie aussah wie alle seine Freundinnen."

„Vielleicht hat *Pani Ewelina* dich belogen und kannte sehr wohl noch eine ihrer Nebenbuhlerinnen und hat sie vorgewarnt."

„Ich rufe sie gleich an. Und bei dir?"

„Eine Lehrerkollegin von ihm. Vielleicht sollte ich dem Kollegium mal einen Besuch abstatten."

„Wie willst du das anstellen? Es sind noch zwei Wochen Schulferien."

„Verdammt, daran habe ich nicht gedacht. Vielleicht trifft sich wenigstens der Ex von *Pani Aneta* mit mir."

„Ich kann keinen Schritt mehr durch die Stadt gehen, ohne nach blonden Frauen um die vierzig Ausschau zu halten", seufzte Wojtek Miłosz.

„Ich glaube", entgegnete Petra Schumacher, „du bist nicht der einzige Mann, dem das so geht."

16. Kapitel: Wojtek Miłosz spielt Boules und Petra Schumacher stattet in den Ferien dem Liebknecht-Gymnasium einen Besuch ab

Auf der Internetseite des Gymnasiums las Petra: „Am 25. April 1911 wurde das Realgymnasium in der heutigen Wieckestraße eingeweiht. Weit über den Häusern der Stadt war für 800.000 Goldmark ein mächtiger, schlossartiger Bau errichtet worden. Drei Jahre später zogen viele der Primaner freiwillig in den Krieg, aus dem 194 ehemalige Schüler nicht zurückkehrten."

„Warum wollten Sie sich mit mir in der leeren Schule treffen?", wollte Peter Müller-Ortwig wissen, als er das Hauptportal aufschloss.

„Haben Sie auch einen Schlüssel für das Lehrerzimmer?", fragte Petra Schumacher zurück.

„Die Tür müsste offen sein", brummte der Lehrer und ließ sie zuerst eintreten.

„Es riecht gar nicht nach Lehrerzimmer", stellte Kriminaloberrätin Petra Schumacher fest, „sondern wie frisch gewischt, mit Zitrusduft."

Müller-Ortwig zuckte mit den Achseln.

„Können Sie mir zeigen, Herr Oberstudienrat, wo Ihr Platz ist?"

Er zeigte auf einen Stuhl, vor dem ein Geschichtsbuch der Jahrgangsstufe 7-8 lag.

„Und Frau Lewandowska?"

Er musste nicht lange überlegen. Sie saßen einander gegenüber.

„Wo hat Herr Kaczmarek normalerweise gesessen?"

„Am Stirnende, wenn ich mich nicht irre."

„Wie sicher sind Sie?"

„Er hat dort gesessen", bestätigte Müller-Ortwig verärgert.

„Dürfte ich Sie bitten, einmal auf Ihrem Stuhl Platz zu nehmen?"

Petra Schumacher nahm den Platz von Frau Lewandowska ein.

„Haben Sie noch Gefühle für Ihre Kollegin Aneta Lewandowska?", fragte sie.

„Nein", entgegnete er.

„Was geht Ihnen durch den Kopf, wenn sie Ihnen gegenüber im Lehrerzimmer sitzt?"

„Wie dumm sie ist, denke ich, sich von Bernard Kaczmarek vögeln zu lassen."

„Warum?"

„Für ihn sind die Frauen austauschbar."

„Waren austauschbar."

„Meinetwegen, waren."

„Gab es außer Ihnen noch jemanden, der von der Beziehung zwischen den beiden wusste?"

Müller-Ortwig lachte gehässig auf.

„Hat Ihnen Aneta weiß machen wollen, dass niemand davon wusste? Mein Gott, das kann sie doch nicht ernsthaft geglaubt haben. Alle wussten davon."

„Woher?"

„Von Kaczmarek selbst. Wahrscheinlich hat er sich gegenüber einem Kollegen damit gebrüstet und der hat es weitererzählt."

„Können Sie sich vorstellen, dass jemand aus dieser Schule Herrn Kaczmarek ermordet hat?"

„Nein, das kann ich mir beim besten Willen nicht vorstellen. Die meisten fanden Kaczmarek lächerlich."

„Haben Sie vielen Dank, Herr Müller-Ortwig, für das Gespräch", sagte Petra Schumacher und verließ das Lehrerzimmer.

„Guten Abend, Herr Kommissar!", begrüßte ihn Lutz Schütze leutselig, als Wojtek Miłosz pünktlich um 17 Uhr auf dem Anger erschien. „Schön, dass Sie es zeitlich einrichten konnten. Ich nehme an, dass Sie heute dienstlich hier sind."

„Guten Abend, Herr Schütze, die Herren, wie haben Sie herausgefunden, dass ich nicht bei Arcelor Mittal tätig bin?"

„Das war nicht schwierig", wehrte Schütze ab und konnte ein wenig Stolz in der Stimme nicht verhehlen. „Ich habe ein paar alte Freunde bei der Polizei und noch ist ein Pole bei der Frankfurter Polizei ja eher die Ausnahme als die Regel."

„Aber woher der Verdacht, dass die Geschichte mit Arcelor Mittal nicht stimmen könnte?"

„Ach, wissen Sie, wir können doch alle nicht ganz aus unserer Haut heraus, oder?"

„Wahrscheinlich haben Sie recht", gab Wojtek Miłosz zu. „Sie sind Malermeister, nicht wahr, und zusammen mit Herrn Schmidt bei den Montagsspaziergängen aktiv. Darf ich fragen, wer der dritte Herr ist?"

Udo Freiberg stellte sich vor.

„Wie viele Menschen sind jeden Montag dabei?"

„Ein paar hundert", antwortete Klaus Schmidt.

„Und worum geht es Ihnen, wenn ich mal ganz neugierig fragen darf?"

„Lassen Sie uns doch erstmal die Spieler zusammenstellen", unterbrach Lutz Schütze. „Wir sind heute wieder nur zu Dritt. Kollege Rudolf Borkowski hat sich krankgemeldet. Er hat an dem Tod seiner Frau ganz schön zu knapsen. Es ist grausam, von einem Tag auf den anderen bist du allein. Ein Schicksal, dass auf jeden von uns wartet. Doch wenn es soweit ist, ist es erstmal ein Schock. Möchten Sie mit uns spielen, Herr Kommissar?"

Er zog vier Streichhölzer aus der Brusttasche seines Hemdes.

„Sie zuerst."

Wojtek Miłosz zog ein kürzeres Hölzchen, ebenso wie Klaus Schmidt.

„Der Gast fängt an", entschied Lutz Schütze.

Miłosz warf das *Cochonnet*, auf Deutsch „Schweinchen" genannt, und nutzte den Schwung, um seine erste Kugel perfekt davor zu platzieren, so dass die Holzkugel völlig dahinter verschwand.

„Anfängerglück", brummte Miłosz.

„Aber Sie spielen nicht zum ersten Mal, habe ich Recht?", sagte Schütze.

„Das ist richtig. Es dürfte das fünfte oder sechste Mal heute sein."

„Um auf Ihre Frage zurückzukommen, Herr Kommissar", setzte Klaus Schmidt an, „wir treffen uns nicht ohne Grund montags. Wir knüpfen an die Tradition der Montagsdemonstrationen der Bürgerrechtsbewegung in der DDR an. Wir wollen denen da oben ganz deutlich sagen, dass sie sich vom Volk entfernt haben, dass sie das Volk nicht mehr vertreten. Wir sind das Volk! Und wir werden so lange auf die Straße gehen, bis diese Regierung verschwunden ist."

„Es ist doch beinahe wieder so wie in der DDR", behauptete Udo Freiberg. „Die Leute trauen sich gar nicht mehr, ihre Meinung zu sagen. Wir sind es, die den Menschen ihre Stimme zurückgeben."

„In der DDR säßen die Anführer Ihrer Demonstrationen wahrscheinlich schon im Gefängnis", widersprach Wojtek Miłosz.

„Dafür werden wir doch fast alle vom Verfassungsschutz kontrolliert."

„Nur dann, wenn Sie ganz offen die Verfassung angreifen, zum Sturz der gewählten Regierung aufrufen würden oder zu anderen Arten der Gewalt. Sonst können Sie tun und sagen, was Sie wollen."

„Die staatlichen Medien schweigen uns tot."

„Es herrscht Medienfreiheit und diese wird meines Erachtens von allen politischen Strömungen ausgenutzt. Es gibt sowohl extrem rechte, als auch extrem linke Medien."

„Sie haben Ihre Lektion als deutscher Staatsdiener ganz gut gelernt", gab Lutz Schütze zu und schoss Miłosz' Kugel zur Seite.

Wojtek Miłosz gelang es, eine weitere Kugel nahe am Schweinchen zu platzieren, doch nicht so nah, als dass Freiberg mit seiner letzten Kugel den freien Platz nicht hätte nutzen können.

„Wo ist für Sie die Grenze, meine Herren?"

„Wie meinen Sie das?", fragte Klaus Schmidt.

„Wie weit würden Sie für Ihre Überzeugungen gehen?", fragte Wojtek Miłosz.

„Gewalt ist die Grenze", antwortete Schmidt. „Wir wenden keine körperliche Gewalt an, es sei denn, zur eigenen Verteidigung."

„Können Sie ausschließen, dass sich andere durch die teilweise sehr aggressiven, hasserfüllten, persönlichen Angriffe gegen die gewählte Regierung oder gegen andere Vertreter der Grünen und Linken zur Anwendung von Gewalt ermutigt fühlen?"

„Natürlich lässt sich das nicht ausschließen", entgegnete Schmidt. „Doch wir können keine Verantwortung für die unverantwortlichen Taten anderer übernehmen."

„Führen Sie etwa politisch motivierte Ermittlungen gegen uns, Herr Kommissar?", fragte Lutz Schütze plötzlich.

„Das ist nicht meine Aufgabe", erwiderte Miłosz knapp. „Ich habe einen Mord aufzuklären, den Mord an Bernard Kaczmarek. Kaczmarek war ein bekannter Aktivist und Gegner der Montagsspaziergänge. Nach unseren bisherigen Erkenntnissen ist es nicht auszuschließen, dass der Mord politisch motiviert war. Aus diesem Grund höre ich mich auch im Umfeld der Montagsspaziergänger um. Voilà, deswegen bin ich hier und spiele mit Ihnen Boules. Ha, der Wurf war nicht übel. Versuchen Sie mal, den zu toppen!"

Lutz Schütze und Udo Freiberg schossen knapp vorbei. Schütze platzierte seine letzte Kugel unmittelbar neben Miłosz'. Man beugte sich über die Kugeln, legte fachmännisch das Maßband an und kam dennoch zu keiner Entscheidung.

„Ich regele das", verkündete Klaus Schmidt und schleuderte seine letzte Kugel mitten in die beiden Führenden. Lutz Schütze blieb neben Miłosz stehen, während Freiberg und Schmidt sich das Endergebnis besahen.

„Darf ich ehrlich zu Ihnen sein, Herr Kommissar? Ihr Landsmann Kaczmarek war ein armes, kleines Licht. Er hat viele Menschen verärgert, das ist wahr, doch zu einem Mord gehört doch noch etwas mehr, meinen Sie nicht?"

„Ich stimme Ihnen zu", entgegnete Miłosz. „Für einen Mord müssen einige Faktoren zusammenkommen, ein starkes Motiv, eine gewaltbereite Person, eine Gelegenheit und auch das entsprechende Mittel, in unserem Fall eine Pistole. Ich befürchte, dass unsere Ermittlungen in der sogenannten rechten Szene und insbesondere im gewaltbereiten Umfeld, wie es heißt, noch nicht abgeschlossen sind. So lange nicht, bis wir den Mörder gefunden haben."

17. Kapitel: Wut in der halben Stadt und darüber hinaus

GOSIA UND WIKTORIA

Wiktoria hat sich den Schädel kahlrasiert.

„Mein Gott, ich erkenne dich nicht wieder, Wiki!“

„Schau mich nicht so an, Mama! Ich bin immer noch deine Tochter.“

„Du siehst schrecklich aus!“

„Ich fühle mich schrecklich, wenn ich daran denke, was jeden Tag in unserem Land abgeht.“

„Mir geht es doch genauso. Aber kannst du deine Wut nicht anders zum Ausdruck bringen, als dir deine wunderschönen Haare abzuschneiden?“

„Ich könnte auch ein faules Ei auf Kaczyński schmeißen, auf Czarnek oder Ziobro oder eines ihrer fetten Autos zerkratzen. Wäre dir das lieber?“

Gosia versuchte, sie in den Arm zu nehmen. Wiktoria ließ es nicht zu.

„Es tut mir sehr weh, dich so zu sehen.“

„Mir tut es auch weh, Mama. Es ist doch nicht gegen dich. Es ist gegen die Regierung.“

Wiktoria engagierte sich mit Haut und Haaren für die Bewegung des „*Ogólnopolski Strajk Kobiet*“. Sie schlief wenig und hatte dunkle Ränder unter den Augen. Sie agitierte an den Schulen und an der Universität und kam kaum zum Studieren. Sie hatte eine kurze Beziehung mit einem Aktivisten der Grünen, die in Polen ein trauriges Schattendasein fristen.

„Kein Mensch hat Zeit, sich um Klimaschutz zu kümmern!", schrie Wiktoria den armen Piotrek an. „Erst müssen wir diese verdammte Regierung loswerden!", brüllte sie vor dem Präsidentenpalast und gab Piotrek den Laufpass.

Was ihre Mutter nicht weiß: Wiktoria hat sich ein Tattoo stechen lassen, auf die rechte Pobacke und darauf steht „Ich scheiße auf K.!"

WOJTEK

Wojteks Wut richtet sich nicht gegen die Regierung, obwohl sie ihm genauso gegen den Strich geht wie seiner Tochter und seiner Ex-Frau. Auch nicht auf die polnische Polizei, die seiner Meinung nach katastrophal ausgestattet ist und nach vorsintflutlichen Methoden geführt wird. Schon gar nicht richtet sie sich gegen Gosia, an die er fast jeden Tag denkt. Sie richtet sich gegen ihn selbst, weil er es ist, der die Liebe seines Lebens verloren hat. Seine Wut äußert sich in Antriebslosigkeit und mangelnder Selbstdisziplin. Er treibt keinen Sport mehr, ernährt sich ungesund und setzt Fett an, weswegen er sich noch weniger ausstehen kann.

An Tobiasz kommt er nicht mehr heran. Entweder sie brüllen oder sie schweigen sich an. Seine Tochter ruft ihren Vater nur noch sehr selten an, weil es für sie unangenehm ist, mit ihm zu reden. Er ruft Mitleid in ihr hervor und sie wird sauer auf ihn, dass er sich so hängen lässt. Eigentlich liebt sie ihren Papa. Wojtek muss sich seinerseits dazu zwingen, mindestens einmal im Monat die Nummer seiner Tochter zu wählen, um die Verbindung nicht abreißen zu lassen. Dass sie sich kahlrasiert hat, weiß er nicht. Seine ganze Lebensenergie konzentriert Wojtek auf den kleinen Łukasz, der der einzige ist, in dessen Gegenwart er von Zeit zu Zeit ein bisschen Glück empfindet. Zur Arbeit muss er sich jeden Tag aufs Neue aufraffen. Wenn er das geschafft hat, geht es einigermaßen. Er funktioniert und es ist ihm bewusst, dass er mit seiner Chefin Petra Schumacher Glück hat. Die Aussicht, dass Bernd Matuschek wieder zum Team dazustoßen könnte, lässt ihn ziemlich gleichgültig.

OLLI, DER GASTRONOM

„Also, ich hab` das letzte Mal die Grünen gewählt, weil ich finde, man muss etwas für das Klima tun, für unsere Kinder und Enkelkinder. Aber dass die kleinen Leute das jetzt über Energieabgaben bezahlen sollen, das geht doch völlig an der Realität vorbei. Soll der Habeck doch diejenigen stärker zur Kasse bitten, die genug Geld haben. Aber das wird nicht passieren, weil die großen Konzerne das nicht zulassen. Letztlich müssen wir die Zeche zahlen, die einfachen Leute, denen am Ende des Monats kaum noch was zum Leben übrigbleibt. Und dass wir jetzt noch zig Milliarden in die Bundeswehr pumpen wollen, ist absurd. Ich finde, man sollte alle nationalen Armeen abschaffen und eine gemeinsame EU− oder NATO-Truppe daraus machen, für den Ernstfall. Würde man viel Geld bei sparen. Doch dazu wird es nicht kommen, weil außer den Wirtschaftsbossen und einigen idealistischen Europäern alle national denken. Ach, scheiß drauf! Sollen die da oben doch machen, was sie wollen. Bei der nächsten Wahl bleibe ich auch zu Hause."

TOBIASZ

„Mama hat uns verlassen und Papa denkt an nichts anderes als an seine Arbeit und an Łukaszek. Ich bin ihm egal. Hier bei den Pfadfindern ist das anders. Unser Vormann, *Pan Zbyszek*, redet mit jedem von uns und wenn wir etwas besonders gut gemacht haben, lobt er uns. Hier gibt es noch Werte wie Kameradschaft und Treue und Liebe zum Vaterland. Das ist es doch, was uns verbindet, unsere Heimat Polen, ein großartiges Land. Wir haben uns in der Vergangenheit nicht unterkriegen lassen,w von den Deutschen und von den Russen nicht und das wird auch in der Zukunft so sein. Es lohnt sich, für unsere Heimat zu kämpfen, wofür denn sonst? Es kann doch nicht nur ums Geld gehen wie für Mama. Wiktoria ist völlig verrückt geworden. Sie hat Freunde, denen nichts mehr heilig ist, weder die Familie, noch unser Land, noch das ungeborene Leben im Bauch einer Mutter. Dass sie jetzt aussieht wie ein Neonazi, ist ein weiterer Beleg dafür, dass sie den Verstand verloren hat. Eigentlich war ich meiner Schwester auch schon immer egal."

JUSTYNA, DIE SŁUBICER „GRETA THUNBERG", WIE SIE SICH SELBST NENNT

„Bernard war ein Arsch. Er hat Frauen verachtet, sie waren für ihn nicht mehr als Gespielinnen, keine gleichberechtigten Partnerinnen, im politischen Kampf schon gar nicht. Er hat mir kein einziges Mal zugehört, ist mir ständig ins Wort gefallen. Wenn er redete, hat er stets über mich hinweg geschaut. Er hielt Klima– und Umweltschutz für unwichtig, er hat nicht verstanden, dass politische Freiheit und die Achtung der Natur untrennbar zusammengehören. Selbst als Tonnen toter Fische in der Oder schwammen, hat er nicht begriffen, dass die schrittweise Abschaffung der Demokratie und die Vernichtung unserer natürlichen Lebensgrundlagen derselben Geisteshaltung entspringen. Egal, wer Bernard umgelegt hat, jemand von den Rechten oder ein gehörnter Ehemann, in unserer Szene weint ihm niemand eine Träne nach. Auch politisch betrachtet, kann er problemlos ersetzt werden. In Ośno und Rzepin gibt es zwei tolle Frauen vom „*Strajk kobiet*", die sich auch um Słubice kümmern können. Und in Frankfurt haben wir noch Sandra, die super Polnisch spricht."

18. Kapitel: Auf dem Frankfurt-Słubice-Pride werden Pläne geschmiedet und Matuschek gibt eine Homecoming-Party auf dem Ziegenwerder

„Trink doch erstmal `nen Kaffee", sagt Olli zu jedem, der in sein Café-Bistro „Kleinigkeiten" am Marktplatz kommt und mit der Welt fertig ist. Manchmal, wenn ihm danach ist, nimmt Olli auch nur den halben Preis und legt einen besonderen Glückskeks dazu, den er aus einer Schublade unter der Ladentheke hervorholt.

Sandra wollte an diesem Samstagmorgen keinen Kaffee, sie kam mit einem Vorschlag:

„Komm mit zur Pride!"

„Stimmt", brummt Olli und streicht sich über seinen nicht vorhandenen Bart, „da war ja was."

„Zur Pride kommt das bunte Frankfurt und ein paar hundert verrückte Słubicer gleich mit dazu. Du wirst einen Haufen bekannter Gesichter treffen."

„Die sehe ich auch hier", versuchte Olli, sich aus der Nummer herauszuwinden.

„Dir tut es gut, mal rauszukommen", entschied Sandra. „Außerdem bist du mir noch was schuldig."

Olli machte ein zerknirschtes Gesicht.

„Und wer soll sich in der Zeit um das Geschäft kümmern?", unternahm Olli einen letzten, halbherzigen Versuch.

„Ach, deine Freundin wird den Laden schon schmeißen. Wird eh nicht viel los sein, sind alle bei der Pride."

Sandra hastete im Laufschritt, mit Olli im Schlepptau,

zur Eröffnung der Pride auf dem Plac Bohaterów. Justyna hielt eine Rede als Sprecherin der Słubicer Organisatoren. Den Frankfurter Part hätte Bernard Kaczmarek übernehmen sollen, nun musste Sandra für ihn einspringen:

„Hallo zusammen, ich bin Sandra von der Kulturfabrik. Ich soll heute auf Englisch reden, langsam und deutlich, damit mich alle verstehen. *Do you understand me?*"

Ein paar hundert Leute grölten zurück.

„Wir sind hier, um für die Gleichberechtigung zwischen allen Geschlechtern einzutreten und für Toleranz gegenüber allen Menschen, unabhängig ihres Geschlechts, ihrer Hauptfarbe, ihrer Religion, einer Behinderung und ihrer politischen Überzeugung. Hab` ich was vergessen? Falls ja, müsst ihr darüber reden. Wir strecken jedem und jeder die Hand entgegen und sind zu Gesprächen bereit. Aber wir sind auch bereit, für unsere Werte zu kämpfen und jedem gegenüberzutreten, der sie verachtet und abschaffen will."

Nachdem der Beifall verklungen war, fuhr Sandra fort:

„Ich will heute eure Aufmerksamkeit und ganz besonders die Aufmerksamkeit der Frankfurterinnen und Frankfurter auf die Situation in Polen richten. Ich bitte jetzt eine gute Freundin von mir nach vorne. Sie heißt Wiktoria, ist in Słubice aufgewachsen und wohnt und studiert jetzt in Warschau."

Wiktoria war nervös, als sie vor so vielen Menschen stand und plapperte in ihrem Londoner Slang drauf los. Sandra legte eine Hand auf ihre Schulter und flüsterte ihr ins Ohr: „Wenn du so weiterredest, versteht dich niemand."

„*Okay, once again and more slowly*. In Polen ist es, gerade in kleineren Städten, keine Seltenheit, dass jemand mit dunkler Hautfarbe, mit Dreadlocks und Piercings und mit gefärbten Haaren auf offener Straße beschimpft und beleidigt wird. Homosexuelle Paare, die in der Öffentlichkeit Händchen halten oder sich gar küssen, werden tätlich angegriffen. Verantwortlich dafür ist die polnische Regierung, die zusammen mit der Kirche, kirchlichen und gleichgeschalteten staatlichen Medien ein Klima der Intoleranz und der Angst vor Andersartigkeit geschürt hat. Dagegen und gegen ein Gesetz, das eine Abtreibung nur nach einer Vergewaltigung oder wenn das Leben der Mutter in Gefahr ist, nicht unter Strafe stellt, hat sich eine breite Protestbewegung vor allem von Frauen gebildet. Diese Bewegung hat bereits erreicht, dass das Gesetz nicht noch unmenschlicher ausfiel. Unser Ziel ist es, dass vor allem Frauen und junge Menschen zahlreich zur Wahl am 15. Oktober gehen und diese nationalistische Regierung abwählen!"

Wiktoria erntete lauten Beifall. Sandra umarmte sie. Schließlich griff Justyna noch einmal nach dem Mikrofon.

„Liebe Freundinnen und Freunde! Wir haben gerade mit Sandra und ein paar anderen beschlossen, dass wir den Kampf der polnischen Frauen gegen die PiS-Regierung unterstützen wollen. Wir rufen euch auf, mit uns zu demonstrieren, am Montag, den 9. Oktober, hier auf dem Plac Bohaterów. Einen Antrag für die Demonstration müssen wir natürlich noch stellen. Wir wollen am 9. Oktober hier doppelt so viele sein wie heute und wir wollen eine Rekordwahlbeteiligung von über 70%!"

Nach der Kundgebung auf dem Plac Bohaterów zog die

Pride lautstark durch die Stadt und über die Brücke bis zum Brückenkopf auf der Frankfurter Seite, wo die bunte Versammlung vom Frankfurter Oberbürgermeister begrüßt wurde. Sandra machte Justyna und Olli miteinander bekannt.

„Im „Kleinigkeiten“ gibt es den besten Kaffee der Doppelstadt und einen Mann am Tresen, der immer ein offenes Ohr für seine Gäste hat. Und ein paar Sätze Polnisch kann Olli auch.“

„Ich bin überrascht, Sie hier zu sehen“, sagte Justyna. „Ich hab` von einer Freundin gehört, dass Sie bei den Frankfurter Montagsspaziergängern dabei sind. Wofür stehen Sie nun wirklich?“

„Ach, da war ich nur ein– oder zweimal“, druckste Olli herum. „Bis ich die Russlandfahnen sah. Da hab` ich gemerkt, dass ich auf der falschen Veranstaltung bin. Bei euch fühle ich mich wohler.“

„Besser, die Einsicht kommt spät als gar nicht“, grinste Sandra und nahm Olli geschwisterlich in den Arm. „Schwamm drüber, Olli ist bestimmt auch am 9. Oktober dabei, wenn er jemanden hat, der ihn am Tresen vertritt, nicht wahr, Kumpel?“

Während der langen Jahre bei der Frankfurter Polizei hatte Matuschek nicht besonders viel Wert daraufgelegt, mit seinen Arbeitskollegen auch noch in der Freizeit abzuhängen. Die verbrachte er lieber mit seiner jeweiligen Lebensgefährtin, in der Muckibude oder mit Fußballgucken. Deswegen hatte er außer Petra Schumacher und einem Kollegen aus der Zeit bei der Soko Rechtsradikalismus namens Mark Saueressig bei der Polizei keine Freunde. Trotzdem war zu seiner Homecoming-Party auf Ziegenwerder ein Dutzend Polizisten gekommen. Sie hatten sogar einen Grill mitgebracht. Schließlich war das Dezernat für Wirtschaftskriminalität und Drogendelikte amtierender Brandenburger Polizei-Grillmeister. Manche waren gewiss auch aus purer Neugier gekommen, auf Matuscheks Freundin, die berühmte Schriftstellerin, mit der Matuschek nun schon zehn Jahre lang zusammen war, länger als mit allen anderen Frauen nach seiner Scheidung zusammen. Julia und Tomek waren da, Sandra natürlich und Wojtek Miłosz mit Antonina, der Gerichtsmedizinerin, die sich mittlerweile damit abgefunden hatte, dass Miłosz nichts von ihr wollte.

„Es liegt nicht an dir", beteuerte Miłosz. „Ich bin einfach nicht offen für eine Beziehung."

„Hättest du deinen Freund Matuschek nicht wenigstens bitten können, ein paar gutaussehende Polizisten-Singles einzuladen?", jammerte Antonina. „Ich sehe hier entweder alte Männer, die kurz vor der Pensionierung stehen oder ein paar absolute Grünschnäbel, die höchstens für einen One-Night-Stand in Frage kommen."

„Das wäre doch immerhin etwas", meinte Miłosz.

„So verzweifelt bin ich noch lange nicht."

„Cześć Antonina", mischte sich Petra ein. „Freut mich, dich kennenzulernen. Habe ich richtig gehört, dass du auch einen Mann suchst."

Antonina verschluckte sich am Sekt.

„Oje", entgegnete Antonina, „wenn selbst du noch nicht fündig geworden bist, dann muss ich mir wohl nicht die

Mühe machen, am Schwarzen Brett der Frankfurter Polizei eine Anzeige aufzugeben."

„Nicht nur bei der Polizei ist das vergebliche Liebesmüh, Antonina, ich sage dir, es gibt in ganz Frankfurt keine vernünftigen Männer. In Słubice sieht es nicht besser aus, oder?"

„Wo denkst du hin! Und die wenigen, die in Frage kommen, sind entweder vergeben wie Matuschek oder ergehen sich in Selbstmitleid wie dein Kollege Wojtek. Was sollen wir bloß machen?"

„Wir stürzen uns von morgens bis abends in unseren Job und machen die Arbeit für zwei", stöhnte Petra.

„So viele Leichen gibt es in Słubice gar nicht", erwiderte Antonina.

„Wenn unser Gerichtsmediziner nächstes Jahr in Pension geht, kannst du seinen Job mit übernehmen!", schlug Petra fröhlich vor.

„Ich fürchte, dafür müsste ich besser Deutsch lernen."

„Ach was, dein Deutsch ist gar nicht übel. Mit den Toten gibt es sowieso keine Verständigungsprobleme. Zum Wohle, Antonina!"

„Prost Petra! Du kannst mich Toni nennen."

„Hast du Lust zu tanzen, Toni?"

„Liebend gerne!"

Als Petra und Antonina den Anfang machten, folgten Julia und Tomek und Franziska mit Matuschek. Sandra redete so lange auf Wojtek Miłosz ein, bis dieser sich zur Musik von den Stones und Michael Jackson auch auf den Tanzrasen führen ließ.

„Was ist los mit dir, Matuschek?", fragte sein alter Kumpel Mark. „Gerade in diesem Moment spielt dein geliebter FC Bayern und du schwingst hier das Tanzbein. So etwas wäre vor ein paar Jahren unvorstellbar gewesen."

„*Times are changing*", gab Matuschek zur Antwort.

„Daran ist deine Franziska schuld, nicht wahr? Herzlichen Glückwunsch, mein Lieber, sie ist eine großartige Frau."

„Wie steht's denn?", gab Matuschek zur Antwort.

„Eins zu eins, kurz vor Schluss."

„Sagst du mir Bescheid, wenn noch ein Tor fällt?"

In der 87. Minute erzielte der FC Bayern in Gladbach den 2:1-Siegtreffer und stand nach drei Spieltagen hinter Bayer Leverkusen auf dem zweiten Platz. Zur Meisterschaft sollte es in dieser Saison zum ersten Mal seit zehn Jahren, was genauso lange war, wie Franziska und Matuschek zusammen waren, nicht reichen.

Matuschek nahm sich übrigens in Frankfurt keine Wohnung, sondern bezog ein Zimmer im „Hotel am Ziegenwerder", einen Steinwurf von seiner früheren Wohnung am Anger entfernt.

19. Kapitel: Klaus Schmidt hat eine Audienz beim „Hundertjährigen" über den Dächern der Stadt

Matuschek nahm vor vielen Jahren einmal einen älteren Herrn per Anhalter mit, als er auf dem Weg von Kostrzyn zurück nach Frankfurt war. Als die Silhouette der Stadt am Horizont auftauchte, fragte der Mann, wie viele Einwohner Frankfurt (Oder) habe.

„Fast 60.000", antwortete Matuschek wahrheitsgemäß.

„Ach", sagte der Mann hörbar enttäuscht und betrachtete die Reihe von Hochhäusern, die auf einer Anhöhe über der Stadt thronten. „Von hier sieht es nach einer halben Million aus."

Von den oberen Etagen dieser Wolkenkratzer kann man kilometerweit übers Land schauen, nach Osten ins waldige Odertal, nach Norden über die Oderhänge bei Lebus hinaus und im Süden bis zum Stahlwerk in Eisenhüttenstadt mit seinen Hochöfen und Gasometern. In westlicher Richtung folgt man der Autobahn, bis sie sich in der Ferne verliert und man weiß, dass Berlin dahinter nicht mehr weit ist.

Während Matuschek auf dem Ziegenwerder feierte, fuhr Klaus Schmidt mit dem Fahrstuhl in die 15. Etage des Pablo-Neruda-Blocks, in dem Menschen aus der halben Welt eine Bleibe gefunden hatten. Schmidt ging zur Wohnungstür am Ende des Flures und klopfte erst zweimal und nach einer Pause erneut viermal an die Tür. Nach einer Weile ging die Tür wie in Zeitlupe auf, Klaus Schmidt trat ein und drückte die Tür wieder behutsam ins Schloss. Die Tür zum Zimmer, das Richtung Westen lag, war geöffnet, der Hundertjährige saß mit dem Rücken zum Sonnenuntergang an einem Tisch aus dunklem Holz. Neben ihm stand ein Rollator griffbereit. Der Kopf des Alten war starr geradeaus gerichtet, seine Augen hielt er hinter dunkel getönten Brillengläsern verborgen. Schmidt wusste nie mit Gewissheit, ob ihn die Augen des Alten fixierten oder nicht. Klaus Schmidt wartete ab, was der Alte ihm zu sagen hatte. Je länger dieser stumm blieb, desto mulmiger wurde ihm zumute. Hatte er irgendwas getan, was den Unmut des Hundertjährigen erregt hatte? Er wusste es nicht. Die Teilnehmeranzahl der Montagsspaziergänge rückläufig. Was würde er antworten, wenn der Alte von ihm eine Strategie forderte, um wieder mehr Menschen zu gewinnen? Oder ging es um etwas ganz anderes? Es überraschte ihn stets aufs Neue, wie gut der Alte informiert war.

„Mir ist zu Ohren gekommen", sagte der Hundertjährige schließlich mit seiner schneidend hohen Stimme, „dass die Kriminalpolizei bei euch ermittelt. Warum?"

„Einer von den Linken, der Lehrer Bernard Kaczmarek, ist erschossen worden, auf dem Balkon seiner Wohnung in der Lindenstraße. Die Polizei vermutet ein politisches Motiv."

„Unsinn!", fiel der Alte ins Wort. „Mit so jemandem geben wir uns doch nicht ab."

„Das haben wir dem Polizisten auch gesagt."

„So, habt ihr das? Der mutmaßliche Täter trägt einen Vollbart und eine Schirmmütze. Daraufhin hat die Polizei R. und K. verhört. Beide sind vorbestraft, was haben sie von sich gegeben?"

„Oh, davon wusste ich nichts."

Die Miene des Alten drückte hochgradiges Missfallen aus.

„Erster Auftrag!", befahl der Hundertjährige: „R. und K. zur Minna machen und nächste Woche Bericht erstatten. Zweites Thema: Diskreditierung der Wortführerinnen der Linken in Frankfurt und Slubitze, Sandra Stürmer und Justina Nowak. Es war für mich keine Überraschung, dass sie am heutigen Vormittag in der Tat die erste Geige gespielt haben."

„Wir haben in den sozialen Medien durch unterschiedliche Personen Posts veröffentlicht, in denen Stürmers Bisexualität thematisiert wird. Wir haben sogar ein Foto gefunden, auf dem sie eine Frau küsst, mit der sie in London längere Zeit liiert war. In anderen Posts von anderen Usern wird sie als Schlampe bezeichnet. Die Informationen über sie werden in den Zusammenhang ihrer politischen Tätigkeit und ihrer Arbeit als Fußballtrainerin gestellt. Die Kampagne mündet in einem Appell: Eltern, gebt acht, wem ihr eure Töchter zum Fußballtraining anvertraut!"

Der Hundertjährige quittierte den Vortrag mit einem anerkennenden Kopfnicken.

„Von Justyna Nowak haben wir drei Fotos gefunden, auf denen sie sehr vertraut mit drei verschiedenen Männern ist. Keines der Fotos ist älter als ein Jahr. Sie wird als Flittchen tituliert. Einer stellt die Frage, warum sie mit niemandem länger als ein paar Monate zusammen ist? Ein paar Fotos zeigen ihre Piercings und Tattoos aus der Nähe, andere, wie sie auf Demonstrationen redet. Auf den Bildern sieht sie aggressiv, hasserfüllt aus. Die Botschaft lautet: Kein Wunder, dass kein halbwegs vernünftiger Mann es mit ihr länger als ein paar Wochen aushält."

„Auch gut, weiter so", kommentierte der Hundertjährige knapp. „Aufgabe fürs Erste erfüllt. Für die übernächste Woche ist daraus ein zweiter Auftrag abzuleiten. Es ist allgemein bekannt, dass Sandra Stürmer in ihrer Jugend mit dem Gesetz in Konflikt war. Sie gehörte einer Bande an, die in leerstehende Gebäude einbrach. Trotzdem wurde sie für längere Zeit mit dem Management des Alten Kinos betraut. Stellt alle Informationen zusammen, die ihr über Sandra Stürmers Bande finden könnt. In zwei Wochen entscheide ich dann, was wir aus den Informationen machen. Noch Fragen?"

Klaus Schmidt verneinte. Die Audienz war beendet. Als Klaus Schmidt mit dem Fahrstuhl hinunterfuhr, bedauerte er, wieder nicht die Gelegenheit bekommen zu haben, die Aussicht über die Stadt zu genießen. Ebenfalls zum wiederholten Male fragte er sich, wie alt der Hundertjährige genau war. Niemand wusste es. Der Hundertjährige behauptete, bei der Reichstagswahl am 5. März 1933 den Führer gewählt zu haben. Da das Wahlalter in der Weimarer Republik bei zwanzig Jahren lag, musste der Alte mindestens 110 Jahre auf dem Buckel haben. War das möglich?

20. Kapitel: Ein gemütliches Kaffeetrinken im Garten nimmt ein tödliches Ende

Birgit und Wolfgang Schreiber saßen in ihrer Gartenlaube und aßen selbstgebackenen Pflaumenkuchen mit Schlagsahne. Den frisch gemahlenen Kaffee kaufte Wolfgang in der Rösterei an der Oder, er kostete zwar das Dreifache vom Supermarktkaffee, aber er schmeckte unvergleichlich besser und veredelte gewissermaßen Birgits köstlichen Kuchen. Zum Glück hatte sich dies unter den Wespen in der Nachbarschaft noch nicht herumgesprochen, es war keine einzige zu sehen.

„Das Tischbein wackelt", stellte Wolfgang fest.

„Mir ist es letzten Mittwoch aufgefallen, als ich mit Anneliese und Hanna hier saß", bestätigte seine Frau.

„Warum hast du nichts gesagt?", fragte Wolfgang.

„Ich wollte, dass du mal ein Wochenende ohne Arbeit hast, mein Lieber", entgegnete Birgit.

„Du weißt doch, dass diese Art von Beschäftigung für mich keine Arbeit ist, Mausi, ich mache es gern."

Sie lächelte nachsichtig.

„Und wenn ich schon einmal dabei bin", fuhr er fort, „kann ich den morschen Stab des Sonnenschirms ersetzen und die Regenrinne ausbessern."

Birgit seufzte, wohl wissend, dass nichts dagegen auszurichten war und dass es nun mit der samstäglichen Ruhe vorbei war. Sie wusste auch, dass das ohrenbetäubende Sägen und Schleifen die Gemüter der halben Nachbarschaft zum Kochen brachte. Vor allem ihr Nachbar zur Linken hatte sich unzählige Male über den Lärm beschwert und sogar die Polizei eingeschaltet, ohne anhaltenden Erfolg.

Wolfgang war bereits über eine halbe Stunde zu Gange, als sie in der Küche, in die sie sich zurückgezogen hatte, die Hausklingel hörte. Es war ihre Freundin Anneliese mit ihrem Mann.

„Es ist solch ein herrliches Spätsommerwetter!", strahlte Anneliese. „Da habe ich einen Apfelstreusel gebacken, er ist sogar noch warm und wir dachten, wir kommen mal kurz vorbei und trinken einen Kaffee zusammen, wenn es euch nicht ungelegen kommt."

„Ach, überhaupt nicht!", erwiderte Birgit. „Kommt doch rein."

Wolfgang war nicht glücklich damit, dass er seine Heimwerkertätigkeit unterbrechen musste, doch er fügte sich in sein Schicksal und brühte sogar noch einmal frischen Kaffee auf. Nur gut, dass Birgit die Konversation übernahm, denn worüber er mit Annelieses Ehemann Klaus hätte reden sollen, wusste er beim besten Willen nicht. Seine politische Einstellung, die sich in seinem Engagement bei den sogenannten Montagsspaziergängen manifestierte, ging ihm gehörig gegen den Strich. Klaus Schmidt sah aus, als wäre er von seiner Frau gegen seinen Willen zum Kaffeetrinken verschleppt worden. Schaute er selbst etwa genauso brummig drein wie er?

Der Tisch ächzte unter der Last der beiden Kuchenbleche. Alles war bereit und immer noch ließ sich keine einzige Wespe blicken. Da nötigte Birgit alle, noch einmal aufzustehen und im Wohnzimmer das neue Sofa zu bewundern, das just am gestrigen Tag geliefert worden war und ausgiebig darauf Probe zu sitzen. Wolfgang und Anneliese nahmen ihre Kaffeetasse mit in die gute Stube, weil sie wussten, dass Birgits Möbelschau einige Zeit in Anspruch nehmen würde.

Nach einer Weile kamen sie zurück und verscheuchten zwei Wespen und taten sich an Kaffee und Kuchen gütlich. Weil der Apfelstreusel der Pflaume in nichts nachstand, fühlten sich Klaus und Wolfgang zumindest teilweise entschädigt für den wenig erfreulichen Verlauf des Samstagnachmittags.

Kriminaloberrätin Petra Schumacher trat ohne anzuklopfen in Matuscheks Büro.

„Erwischt!", triumphierte sie. „Du bist immer noch der Alte!"

„Weil ich den Sportteil lese?"

Petra nickte flüchtig.

„Vor dem ich natürlich ausführlich den Frankfurter Lokalteil studiert habe", verteidigte sich Matuschek.

„Wer's glaubt, wird selig."

„Wie sollen wir wieder miteinander zusammenarbeiten können, wenn du mir nicht vertraust?", seufzte Matuschek.

„Schwamm drüber, Bernd, es ist gut, dass du wieder da bist. Es gibt Arbeit. Kannst deinen Kollegen Wojtek Miłosz gleich mitnehmen. In der Kießling-Siedlung gibt es einen Toten, mutmaßlich Opfer eines Giftanschlages."

Matuschek schnalzte mit der Zunge:

„Giftanschlag? Das ist ja mal was ganz Neues. Sag bloß, es gibt auch noch einen grenzüberschreitenden Bezug?", fragte Bernd Matuschek hoffnungsvoll, weil er wusste, dass ein solcher das Einzige war, was seinem Kollegen Freude bereiten konnte.

„Einen polnischsprachigen Bekennerbrief."

Matuschek faltete die Zeitung zusammen.

„Noch etwas", sagte Petra Schumacher, als Matuschek sich anschickte aufzubrechen. „Der Tote ist nicht irgendwer, es ist Klaus Schmidt."

„Der Wortführer der Montagsspaziergänge?"

„Schau einer an, scheinst ja doch mal einen Blick in den Lokalteil geworfen zu haben."

„Warum bloß immer dieser ungläubige Tonfall?", feixte Matuschek.

Kriminalhauptkommissar Bernd Matuschek ließ sich von Birgit Schreiber zeigen, wer am Samstagnachmittag in der Gartenlaube an welchem Platz gesessen hatte.

„Das Gift muss in einem unbeachteten Augenblick in Herrn Schmidts Kaffeetasse geschüttet worden sein", dachte Bernd Matuschek laut nach. „Wäre es in der Kanne gewesen, hätten alle, die davon tranken, zu Schaden kommen müssen. Gab es unter ihnen jemanden, der nicht von dem Kaffee getrunken hat?"

Birgit Schreiber verneinte.

„Ich möchte Sie bitten, sich so genau wie möglich zu erinnern", sagte Matuschek. „Sie sagen, der Kaffee war bereits eingegossen, bevor sie alle vier noch einmal ins Wohnzimmer gegangen sind, um sich das neue Sofa anzuschauen, richtig? Sie haben außerdem behauptet, dass vorher noch niemand vom Kaffee getrunken hatte, stimmt's?"

„Mit Sicherheit kann ich dies nur von meinem Mann

und mir behaupten. Für Klaus und Anneliese kann ich nur sagen, dass ich mich nicht daran erinnern kann, gesehen zu haben, dass sie die Tasse zum Mund geführt hätten."

„Sie erklären weiter, dass sowohl Ihr Mann als auch Ihre Freundin Anneliese die volle Tasse mit ins Wohnzimmer genommen und dort daraus getrunken haben, während Ihre Tasse und diejenige von Herrn Schmidt draußen im Garten blieben. Ist jemand von Ihnen vor den anderen aus dem Wohnzimmer zurück in die Gartenlaube gegangen?"

„Nein", antwortete Birgit Schreiber. „Warten Sie, aber das kann doch nicht sein, das ist unmöglich! Ich glaube, dass mein Mann als Erster wieder zurückgegangen ist. Er wusste, dass ich zum Schluss die Geschichte von unserer Katze erzählen würde, wie sie am Sonntagabend mit einem Mal ganz wild geworden war und im Kreis herumsprang, als würde sie eine unsichtbare Fliege jagen und dabei etliche Male mit den Krallen das Sofa malträtierte, was schließlich den Ausschlag dafür gab, dass wir uns am Montag ein neues Sofa gekauft haben."

„Wie lange war Ihr Mann allein in der Gartenlaube?"

„Gewiss eine Minute", gab Birgit Schreiber mit bleichem Gesicht zu.

„Zeit genug, um Herrn Schmidt das Gift, das er eventuell vorher schon bei sich trug, in den Kaffee zu schütten", führte Matuschek den Gedanken zu Ende.

„Aber das ist doch absurd", wehrte Frau Schreiber ab. „Warum hätte mein Mann Klaus Schmidt umbringen wollen?"

„Aus politischen Gründen. Ihr Mann ist Mitglied in der SPD, Herr Schmidt in der AfD. Sie haben vorhin gesagt, dass Ihr Mann sich wiederholt mit viel Ärger über Herrn Schmidt geäußert hat."

„Ja, das stimmt, aber das wäre für ihn niemals ein Grund, ihn zu töten."

„Sie drei sind zusammen aus dem Wohnzimmer in die Gartenlaube zurückgegangen", rekapitulierte Matuschek weiter. „Sie hatten also keine Gelegenheit, Gift in Herrn Schmidts Kaffee zu schütten. Es sei denn, Frau Schmidt tat dies in ihre Tasse, die sie bei sich hatte, und tauschte bei der Rückkehr ihre mit der Tasse ihres Mannes."

„Das ist verrückt!", widersprach Birgit Schreiber.

„Ja, es ist verrückt, jemanden zu vergiften!", rief Matuschek mit erhobener Stimme. „Aber es ist passiert und es ist unsere Aufgabe herauszufinden, was sich hier ereignet hat. Also konzentrieren Sie sich! Frau Schmidt saß neben ihrem Mann. Wenn sie es geschickt angestellt hätte, hätte es niemand gemerkt."

„Doch, wir hätten es gemerkt!", widersprach Birgit Schreiber. Sie lief in die Küche und kam mit einer roten und einer blauen Tasse zurück. „Sehen Sie, mein Mann und Herr Schmidt hatten blaue, Anneliese und ich rote Tassen."

„Das ist sicher?"

„Hundertprozentig sicher. Klaus Schmidt hat aus einer blauen Tasse getrunken. Ihre Kollegen im Labor haben Giftrückstände in der blauen Tasse gefunden, nicht in einer roten."

Bernd Matuschek stand neben den Stühlen, auf denen das Ehepaar Schmidt gesessen hatte.

„Gibt es jemanden außer Ihnen vieren, der in der Zeit,

die Sie im Wohnzimmer verbrachten, in den Garten hätte kommen und in die blaue Tasse Gift spritzen können?"

„Es war außer uns niemand im Haus", antwortete Birgit Schreiber.

„Und die Nachbarn?", fragte Matuschek. „Die Hecke ist auf beiden Seiten nicht besonders hoch. Sowohl ihr rechter, als auch ihr linker Nachbar hätte die Möglichkeit gehabt, über die Hecke zu klettern."

Matuschek ging die Rasenfläche auf beiden Seiten ab und suchte nach auffälligen Fußspuren.

„Ich kann nichts erkennen", sagte er. „Ich werde die Kollegen von der Spurensicherung bitten, noch einmal vorbeizukommen."

Wojtek Miłosz betrat den Garten und hielt das anonyme Bekennerschreiben in der Hand. Er nahm in der Gartenlaube Platz.

„Ich weiß noch nicht so recht, was ich von diesem Papier halten soll", sagte Miłosz.

„Wie meinen Sie das?", fragte Matuschek.

„Der Text ist in fehlerfreiem Polnisch geschrieben, aber es gibt eine Stelle, die etwas ungewöhnlich klingt, irgendwie ungelenk. Lesen Sie selbst. Ich habe versucht, ihn ins Deutsche zu übertragen."

Matuschek las Miłosz` Übersetzung:

Wehret den Anfängen!
Klaus Schmidt predigte Hass, Neid, Ausgrenzung, Intoleranz und nationale Überlegenheit. Er widersprach den Errungenschaften der europäischen Integration und wiegelte Gruppen von Menschen gegeneinander auf.

*Seine Aktivitäten zielten letztlich auf die Abschaffung der De-
mokratie und die Installierung eines autoritären, faschistischen Re-
gimes.*

*Dieser Mann war eine Bedrohung für Frieden und Freiheit in
Europa.*

Daher ist der Einsatz von Gewalt gerechtfertigt.

Der Zweck heiligt die Mittel!

„Sie meinen, es ist nicht ganz korrekt zu schreiben, dass
man den Errungenschaften der EU widerspricht, nicht
wahr?", sagte Matuschek. „Errungenschaften würde man
eher negieren oder sie in Frage stellen."

„Richtig, auf Polnisch heißt es *negować* oder
zakwestionować, aber nicht *zaprzeczać*."

„Was schließen Sie daraus?", fragte Matuschek.

„Es könnte sein, dass der Brief von einer Übersetzungs-
software aus dem Deutschen übersetzt worden ist, weil der
Mörder uns glauben machen will, dass er ein Pole ist, was
jedoch nicht der Fall ist."

„Das ist interessant", gestand Matuschek.

„Ich werde das Schreiben noch einer Kollegin zeigen
und sie um ihre Meinung bitten", schloss Miłosz.

Antonina las den Brief etliche Male und legte die Stirn
dabei so heftig in Falten, dass es aussah, als würden die
tiefen Furchen für alle Zeit in ihrer Haut eingegraben
bleiben. Schließlich legte sie den Brief auf den Tisch und
trank den halb erkalteten Kaffee in einem Zug aus. Dann
schlug sie ein Bein über das andere und sah Wojtek erwar-
tungsvoll an.

„Warum hast du ausgerechnet mir dieses Ding zu lesen gegeben?“

„Weil du eine Polin bist.“

„Bin ich die einzige Polin, die du kennst?“, lachte Antonina.

Miłosz seufzte und dachte bei sich: Sie meint es nicht böse, ich darf es ihr nicht übelnehmen. Sie hat sich in dich verguckt und du könntest es mit ihr versuchen. Sie wäre eine gute Ablenkung für dich, aber sie macht sich insgeheim ernste Hoffnungen.

„Du warst die erste, die mir einfiel.“

Und was wäre, wenn sie sich darauf verständigen könnten, dass ihre Beziehung von vornherein nichts Ernstes sein würde? Wäre er überhaupt in der Lage dazu? Er wusste es nicht. Gosia war seine bisher einzige Beziehung gewesen.

„Außerdem habe ich mich daran erinnert, dass du Literatur liebst. Ich habe messerscharf geschlussfolgert, dass du ein gutes Sprachgefühl hast und dass du mir in dieser Angelegenheit tatsächlich helfen könntest.“

Antonina warf einen Blick in die Kaffeetasse, in der sich nicht mehr als ein Tropfen befand. Sie bestätigte Wojteks Einschätzung hinsichtlich des falschen Gebrauchs des Wortes „widersprechen“.

„Mir sind noch zwei weitere Dinge aufgefallen“, fuhr Antonina fort. „Der Brief ist sehr kurz. Wer sich dazu entschließt, diesen Klaus Schmidt aus politischen Gründen zu töten, muss sich lange mit dem Mann und seinen Aktivitäten beschäftigt haben. Ich wundere mich, dass er nicht mehr zu sagen hat, um seine Motivation, seine gewaltige

Wut zu erklären und seine Tat zu rechtfertigen. Du findest das an den Haaren herbeigezogen?"

„Nein, nein", beeilte sich Wojtek zu versichern. „Sprich nur weiter, ich höre dir zu."

„Der Schreiber wirft Herrn Schmidt vor, nationale Überlegenheit zu predigen. Das kann einen europäisch denkenden Polen sehr wohl auf die Palme bringen, aber ich denke, er würde das Kind beim Namen nennen und ihm explizit deutschen Nationalismus vorwerfen. Mit dem Faschismus dagegen verhält es sich meiner Meinung nach umgekehrt. Für einen Polen wäre der Hinweis auf ein autoritäres Streben völlig ausreichend, vom Faschismus reden politisch links eingestellte Deutsche, nicht Polen."

„Das heißt", fasste Wojtek Miłosz zusammen, „du glaubst auch, dass diesen Brief ein Deutscher geschrieben hat. Er hat sich die Mühe gemacht, ihn ins Polnische zu übersetzen, um uns auf die falsche Fährte zu locken."

„Genau das glaube ich", bestätigte Antonina zufrieden.

„Vielen Dank! Das wird uns sehr weiterhelfen."

„Und was bekomme ich für die sprachliche, politische und forensische Beratung?", fragte Antonina mit einem schelmischen Grinsen.

„Ich habe dir einen Kaffee spendiert", entgegnete Wojtek.

„Ist das alles?"

„Was willst du mehr?", fragte Wojtek und glaubte sich zu allem bereit.

Sie machte ein verschwörerisches Gesicht und beugte sich nahe zu ihm, so dass er riechen konnte, dass Antonina eine parfümierte Zigarette geraucht hatte.

„Man hat den Magen der Leiche dieses Klaus Schmidt untersucht, nicht wahr? Um herauszufinden, was seinen Tod hervorgerufen hat, richtig? Von der Analyse seines Mageninhalts wird es einen Bericht geben und es gibt eine Person, die die Untersuchung durchgeführt hat. Ich wäre dir sehr dankbar, wenn du mir den Bericht zu lesen geben würdest und ich mich mit der Kollegin unterhalten könnte. Ich würde bestimmt von ihr lernen können."

„Ich werde sehen, was sich machen lässt", erwiderte Miłosz.

„Du bist ein Schatz!"

Er bekam einen Kuss auf die nachlässig rasierte Wange.

„Sie entwickelt sich wirklich gut, die deutsch-polnische Polizeizusammenarbeit", befand Antonina. „Mit vereinten Kräften werden wir den Mörder bestimmt bald dingfest machen können, nicht wahr, *Wojtku*?"

21. Kapitel: Man spielt Boules auch, um sich abzulenken

„Sieh an, der *Pan Komisarz*", begrüßte ihn Lutz Schütze ohne Freundlichkeit in der Stimme. „Was führt Sie hierher?"

„Ich bin gekommen, um noch etwas dazuzulernen."

„Sie wissen, dass uns der vierte Spieler abhandengekommen ist", sagte Schütze.

„Das ist in der Tat sehr bedauerlich", erwiderte Wojtek Miłosz.

„Sehr bedauerlich, sagen Sie", wiederholte Lutz Schütze. „Jetzt haben Sie die Gelegenheit zu beweisen, dass die Polizei auf dem linken Auge nicht blind ist."

„Wie meinen Sie das?", fragte Miłosz.

„Es muss Sie doch sehr überraschen, dass nicht nur ein Linker umgebracht wurde, sondern auch ein aufrechter Vertreter der nationalen Mitte. Das passt doch überhaupt nicht in Ihr Weltbild."

„Ach, wissen Sie", erwiderte Miłosz und pfefferte seine Kugel mit voller Wucht in die beiden führenden, gegnerischen, die weit zur Seite flogen, „mein persönliches Weltbild hat mit der polizeilichen Ermittlungsarbeit nicht das Geringste zu tun. Hier zählen die Fakten. Ein Mann ist vergiftet worden und wir fahnden nach einem Motiv und einem Täter und wir untersuchen den Tathergang."

„Ich habe gehört, es gibt einen Bekennerbrief", meldete sich Rudolf Borkowski zu Wort.

„So so", antwortete Wojtek Miłosz. „Woher haben Sie das gehört, wenn ich fragen darf?"

„Frankfurt ist ein Dorf", entgegnete Borkowski. „Der eine erzählt es dem anderen und bald weiß es die halbe Stadt."

„Ich bin ganz Ohr", sagte Miłosz. „Vielleicht erfahre ich von Ihnen noch andere interessante Dinge."

„Wenn wir etwas erfahren, was dabei helfen kann, den Mord an unserem Freund Klaus Schmidt aufzuklären, werden wir es gewiss der Polizei mitteilen", sagte Udo Freiberg.

„Es sei denn, wir haben den Eindruck", widersprach Schütze, „dass die Polizei im Fall Schmidt weniger engagiert ermittelt als im Fall Kaczmarek. Verflucht!"

Er setzte seine letzte Kugel eine Handbreit zu kurz, so dass Miłosz und Borkowski den ersten Punkt einfuhren.

„Sie vermuten also einen politischen Hintergrund", forschte Miłosz weiter.

„Selbstverständlich", sagte Freiberg. „Klaus ist es gelungen, Tausende für unsere Sache zu gewinnen. Darunter sind Hunderte, die an den Montagsspaziergängen teilnehmen und viele, viele mehr, die unsere Aktivitäten ideell und finanziell unterstützen."

„Zu einem Mord gehört mehr als politische Feindschaft", stellte Miłosz trocken fest. „Es muss etwas Persönliches hinzukommen. Gibt es jemanden, der Klaus Schmidt abgrundtief hasste?"

Eine Weile lang hörte man nur, wie Metallkugeln mit einem dumpfen Geräusch auf dem harten Kies landeten, dem Ziel entgegenrollten und gegen andere Kugeln schlugen.

„Stellen Sie dieselben Fragen auch im Fall Kaczmarek, Herr Kommissar?", fragte Borkowski.

„Im Prinzip ja. Es kommt jedoch darauf an, mit wem ich es zu tun habe."

Lutz Schütze ging in die Knie und fixierte das Ziel, die Kugel fand ihren Weg wie an der Schnur gezogen. Rudolf Borkowski versuchte zweimal erfolglos, die Kugel abzuschießen.

„Ich frage mich, Herr Kommissar, wen Sie im linken Milieu als Erstes ins Visier nehmen werden."

„Das werden wir sehen", antwortete Miłosz und nahm zunächst die kleine Holzkugel ins Visier, die ein paar Zentimeter links von Lutz Schützes Metallkugel lag.

„Wenn ich an Ihrer Stelle wäre", setzte Schütze seinen Gedanken fort, „würde ich zuerst mit dieser Sandra Stürmer reden. Sie scheint mir eine der Strippenzieherinnen zu sein."

Schütze machte große Augen, als Miłosz` Kugel unmittelbar neben seiner eigenen liegenblieb und diese sanft zur Seite schob.

„Haben Sie in letzter Zeit heimlich geübt, Herr Milosch?"

„I wo, dafür hatte ich keine Zeit. Sie werden doch gewiss sogleich die passende Antwort finden."

Schütze kniff die Lippen zusammen, nahm Position ein und schickte sich an, Miłosz` Kugel mit einem gezielten Schuss ins Aus zu befördern. Der Wurf verfehlte sein Ziel um Haaresbreite.

„Da habe ich aber Glück gehabt", gestand Miłosz ein, was für seinen Gegner kein Trost war. Wojtek Miłosz warf seine letzte Kugel locker aus dem Handgelenk, jedoch absichtlich zu kurz, um den knappen Sieg nicht durch eine Unachtsamkeit zu gefährden.

„Frau Stürmer ist in jedem Fall eine interessante Gesprächspartnerin", sagte Miłosz leutselig.

„Sie hatten vor einigen Jahren mit ihr schon einmal zu tun, nicht wahr?", sagte Schütze.

„Das kann man wohl sagen. Sie war Teil einer Clique, die sich des Nachts Zugang zu leerstehenden Gebäuden in der Stadt verschaffte. Der Fall wurde damals abgeschlossen, ohne dass Fräulein Stürmer und ihre Freunde mit einer Vorstrafe belegt wurden. Die Eigentümer haben ihre Ansprüche samt und sonders außergerichtlich erfüllt bekommen und ihre Klagen fallenlassen."

„Was Sie nicht sagen", grinste Schütze. „Soweit ich weiß, ist die Angelegenheit noch nicht verjährt und ich habe gehört, dass die Eigentümerin des Pumpenhauses heute zu einer anderen Einschätzung kommt als vor acht oder neun Jahren."

Erneut verschossen Borkowski und Freiberg ihre Kugeln, ohne dass darunter ein wirklich guter Wurf gewesen wäre.

„Was ist los mit dir, Udo?", wunderte sich Schütze. „Du bist heute nicht in Form. Klausens Tod hat dich ganz schön mitgenommen."

„Das kann man wohl sagen", gab Freiberg zu. „Es fällt mir schwer, mich auf das Spiel zu konzentrieren."

„Darf ich Ihnen zum Fall Schmidt eine Frage stellen, Herr Freiberg?", fragte Wojtek Miłosz.

„Wenn's sein muss."

„Sie und Ihre Frau sind unmittelbare Nachbarn der Familie Schreiber, die am Wochenende in ihrem Garten das Ehepaar Schmidt zu Gast hatte. Wann hatten Sie das letzte Mal Kontakt mit Herrn Schmidt?"

„Gestern vor einer Woche, während unserer Montagskundgebung", antwortete Freiberg.

„Das bedeutet, am Samstag hat Herr Schmidt nicht vor seinem Besuch bei den Schreibers bei Ihnen vorbeigeschaut."

„Nein, das hat er nicht. Ich wusste auch nicht, dass Klaus bei meinen Nachbarn eingeladen war."

„Sie wussten nicht, dass Anneliese Schmidt und Birgit Schreiber eng befreundet waren?", fragte Miłosz erstaunt.

„Doch, doch", versicherte Freiberg. „Anneliese habe ich des Öfteren bei Birgit Schreiber gesehen, aber ich kann mich nicht erinnern, dass Klaus sie jemals begleitet hätte."

„Frau Schreiber hat ausgesagt, dass Frau und Herr Schmidt überraschend zu Besuch gekommen wären", bestätigte Wojtek Miłosz.

„Haben Sie auch Wolfgang Schreiber befragt?", wollte Udo Freiberg wissen. „Schließlich waren er und Klaus einander spinnefeind."

„Ich habe gestern mit Herrn Schreiber geredet", antwortete Wojtek Miłosz.

„Und?"

Miłosz musterte ihn mit hochgezogenen Augenbrauen und einer wurfbereiten Kugel in der Hand.

„Er hätte ein Motiv", insistierte Udo Freiberg.

„So, finden Sie?"

„Wolfgang Schreiber hat mehrere Male an links orientierten Demonstrationen teilgenommen."

Wojtek Miłosz nahm Maß und platzierte elegant seine Kugel.

„Haben Sie Verständnis dafür, Herr Freiberg, dass ich

Ihnen keinerlei Auskünfte über die laufenden Ermittlungen geben kann und daher auch nicht darüber, inwiefern Herr Schreiber Gegenstand dieser Ermittlungen ist oder nicht."

„Siehst du, Udo", bemerkte Schütze spitz, „die Polizei misst zwischen Links und Rechts mit unterschiedlichem Maß." Dieses Mal toppte er Miłosz' Kugel, ohne dass dieser mit seinem letzten Wurf daran noch etwas zu ändern vermocht hätte.

„Im Moment rede ich mit Ihnen beiden und nicht mit Herrn oder Frau Schreiber", erwiderte Miłosz schroff. „Deswegen frage ich Sie, Herr Freiberg, ob Ihnen vergangenen Samstag im Verhalten Ihrer Nachbarn etwas Ungewöhnliches aufgefallen ist."

Freiberg verneinte.

„Und die Nachbarn auf der anderen Seite des Ehepaars Schreibers? Welche Beziehung besteht zwischen ihnen und den Schreibers sowie zu Ihnen und Ihrer Frau?"

„Meine Frau und ich haben mit den Meiers nicht viel zu tun."

„Wie ist Ihre Beziehung zu den Schreibers, Herr Freiberg?"

„Mich nervt der Lärm, den Schreiber zu allen Zeiten mit seiner Säge und seiner Bohrmaschine verursacht. Besonders dann, wenn meine Frau und ich in unserem Garten Ruhe und Frieden suchen."

„Sie haben Herrn Schreiber bereits zweimal angezeigt, nicht wahr?", fragte Miłosz weiter.

„Ihre Kollegen haben es jeweils bei einer Ermahnung

bewenden lassen", entgegnete Freiberg bitter. „Das hat rein gar nichts bewirkt."

„Udo, du spielst unterirdisch heute!", schimpfte Lutz Schütze, als Kollege Freiberg unbeabsichtigter Weise die Kugel seines Partners zur Seite bugsierte.

Miłosz dagegen spielte mit traumwandlerischer Sicherheit und es kam gar nicht darauf an, dass Borkowski kaum einen Beitrag zum Erfolg beisteuerte. Miłosz sammelte Punkt um Punkt, bis die Führung auf 11:3 angewachsen war und sie nur noch zwei Zähler vom Sieg trennten.

„Ach, geh doch nach Hause, Udo!", ereiferte sich Lutz Schütze. „Es hat heute keinen Sinn. Wir hören auf."

Er reichte erst Borkowski und dann Miłosz die Hand.

„Glückwunsch, Herr Kommissar. Doch vergessen Sie nicht, Sie haben einen Kampf gewonnen, aber noch nicht den Krieg."

„Machen Sie sich keine Sorgen, Herr Schütze", erwiderte Miłosz sanft. „Das war heute nichts als Anfängerglück."

22. Kapitel: Bernd Matuschek besucht Sandra in der Kulturfabrik

Als Bernd Matuschek den verwinkelten Innenhof des alten Gewerbeensembles betrat, in dessen Mitte sich die Kulturfabrik befand, rollte ihm ein Fußball entgegen. Er schoss ihn behutsam zurück zu einer Gruppe von vier Mädchen in Fußballtrikots. Matuschek erkannte die Farben von Union Berlin, Borussia Dortmund, FC Liverpool und FC Barcelona.

„Ist denn keine von euch Bayern-Fan?", fragte er erstaunt.

„FC Bayern?", scholl es ihm im Chor entgegen. „Nie im Leben! Nur über meine Leiche! Pfui, wie kann man nur!"

„Als ob eure Herzensvereine nicht genauso vom Geld regiert wären wie der FC Bayern!", widersprach Matuschek. „Mit Ausnahme von Eisern Union vielleicht."

„Wie können Sie als Frankfurter ein Bayern-Fan sein?", wurde er gefragt.

„Wegen Gerd Müller", gab er zur Antwort, „dem Bomber der Nation."

Er erntete nur verständnislose Blicke.

„Ts ts ts, die Jugend von heute", schüttelte Matuschek den Kopf und erklomm die Metalltreppe zur Kulturfabrik.

Die Bar und das Foyer waren genauso verwaist wie das Theater. Matuschek durchkämmte einen Raum nach dem anderen. Erst im letzten Raum lag Sandra ausgestreckt auf einem Sofa, wie eine Mumie mit auf dem Bauch gefalteten Händen und offenem Mund. Die Holzdielen gaben ein knirschendes Geräusch von sich.

„Ich schlafe nicht", brummte Sandra und öffnete ein Auge zur Hälfte.

„Tut mir leid, dass ich dich geweckt habe."

„Um Ihre erste Frage vorwegzunehmen: Nein, ich habe Klaus Schmidt, Gott hab` ihn selig, nicht um die Ecke gebracht. Dafür habe ich sogar ein Alibi. Ich hatte Fußballtraining. Ich weiß auch nicht, wer so blöd gewesen sein könnte, mit Gift herumzuspielen. Wenn Sie mich fragen, Herr Kommissar, es war ein Liebhaber seiner Frau, der ihn aus dem Weg räumen wollte. Und da dieser Nebenbuhler auch seinen deutsch-nationalen Schwachsinn nicht ertragen konnte, hat er gleich zwei Fliegen mit einer Klappe geschlagen und ist jetzt der zufriedenste Mensch der Welt, der sich wie ein kleiner Junge auf die gemeinsame Zukunft mit seiner Dulcinea freut."

„Vielen Dank für die präzisen Hinweise. Hast du vielleicht noch eine Idee, wie Don Quichote es geschafft hat, das Gift in Schmidts Kaffeebecher zu befördern?"

„Keine Ahnung! Bin ich bei der Kriminalpolizei oder Sie? Vielleicht hat er eine winzigkleine Drohne gehabt, die er über die Gärten hinweg bis zum Kaffee gesteuert hat. In der heutigen Zeit ist schließlich alles möglich."

„Na prima, dann lasse ich mal prüfen, wer in unserer schönen Stadt eine Drohne besitzt."

„Ach, Herr Kommissar", seufzte Sandra.

„Für dich immer noch Herr Kriminalhauptkommissar", feixte Matuschek.

„Ach, Matuschek", setzte Sandra erneut an. „Was waren das für Zeiten, als das Schlimmste, was in unserer Stadt passiert ist, ein paar Einbrüche waren. Wir in ein paar coole Gebäude, die sonst niemanden interessiert haben und dieser verrückte Einbrecher, wie hieß er doch gleich, hat die Oberreichen um ein paar Wertsachen erleichtert, von denen sie mehr als genug hatten. Heute hingegen wird gehetzt und gelogen, dass sich die Balken biegen und jeder wünscht dem anderen die Pest an den Hals."

„Die Pest in Form eines Nervengiftes, das schon in einer winzigen Dosis wirkt und völlig geschmacklos ist", unterbrach Matuschek.

„Was man sich nicht alles besorgen kann", wunderte sich Sandra. „Gift und Drohnen. Ich persönlich finde, es hat mehr Stil, jemandem Gift in seinen Kaffee zu spritzen, als ihn mit der Knarre umzulegen, genau zwischen die Augen. Was kommt als Nächstes?"

„Wir haben das private Umfeld von diesem Klaus Schmidt durchkämmt", sagte Matuschek. „Wir haben bei seiner Frau keinen Liebhaber ausfindig machen können und auch unter seinen Kindern und Geschwistern niemanden, der eines Mordes verdächtig wäre. Wusstest du, dass dir in den sozialen Medien mit dem Tod gedroht wird?"

„Ich habe davon gehört", stöhnte Sandra und gähnte herzhaft. „T'schuldigung, ist nicht so, dass ich das nicht ernst nehmen würde. Stellen Sie sich vor, meine Mädchen spielen deswegen auf dem Hof Fußball, der dafür komplett ungeeignet ist, weil sie mich nicht aus den Augen lassen wollen. Ich selbst glaube ja nicht, dass einer von diesen Idioten seine Drohung tatsächlich in die Tat umsetzen würde, doch meine Freunde sehen das anders. Kann es nicht sein, dass die Ehefrau von diesem Klaus Schmidt nach dreißig oder noch mehr Jahren einfach genug von ihm hatte. Vielleicht ging auch ihr sein dummes Gerede auf den Geist."

„Seine Frau hat tatsächlich eine andere politische Einstellung als er", bekräftigte Matuschek. „Sie wählt abwechselnd rot oder grün. Das Gespräch mit ihr war wirklich bemerkenswert. Sie hat erwirkt, dass politische Themen zu Hause verboten waren, auch die Kinder sind gespalten. Zwei waren auf der Seite des Vaters, die anderen beiden nicht. Je länger ich mich mit den beiden Fällen beschäftige, desto weniger glaube ich, dass die Akteure aus der ersten Reihe unmittelbar etwas mit den Morden zu tun haben. Wir konzentrieren unsere Ermittlungen auf die militante Szene beider Lager und beider Länder. Damit werden wir noch monatelang beschäftigt sein. Unterdessen wird das politische Klima immer aufgeheizter und vergifteter. Die einen bezeichnen ihre Feinde als Ungeziefer, Unmenschen und sie reden von einer Feuersbrunst, die um sich greift. Andere ziehen daraus ihre Schlüsse und greifen zur Waffe oder zum Gift."

Sandra stand auf und sah aus dem Fenster. Ihre Schützlinge spielten immer noch Fußball.

„Haben Sie schon gehört, dass wir zusammen mit Justyna Nowak und Wiktoria Miłosz am Montag vor den Wahlen in Polen eine große, proeuropäische Demo organisieren?"

Matuschek nickte.

„Wir hoffen auf Tausende. Wir wollen der Stadt zeigen, auf welcher Seite die Mehrheit steht."

23. Kapitel: Elli, die Abwehrchefin, macht auf dem Dachboden ihres Großvaters eine Entdeckung

Es war ein Wochenende der schlechteren Sorte, denn es war eines ohne Fußball. Erst am kommenden Sonntag würden sie beim Tabellenletzten in Eberswalde antreten müssen. Sandra, die Trainerin, hatte ihnen beigebracht, jeden Gegner mit Respekt zu behandeln und kein einziges Spiel als ein besseres Trainingsspiel anzusehen, das ohne Mühe zu gewinnen war. Doch dieses Wochenende musste erst einmal hinter sich gebracht werden. Elli war bei ihren Großeltern zu Besuch. Großmutter kochte Ellis Leibgericht, Steak mit Spaghetti Gorgonzola und einem Tomatensalat und zum Nachtisch gab es Vanilleeis mit heißen Kirschen. Normalerweise war Essen für sie nichts anderes als eine lästige Notwendigkeit, die man so schnell wie möglich erledigte. Das Essen bei Großmutter war etwas anderes, es machte sie glücklich, auch wenn sie dies niemals eingestehen würde. Die großartige Stimmung, in der sie sich befand, bewirkte, dass sie ihrer Großmutter von allem erzählte, was sie beschäftigte, was sie sonst auch niemand anderem gegenüber tat. Großmutter war eine gute Zuhörerin, doch nach dem Mittagessen war sie meist müde und legte sich für eine Stunde aufs Ohr, manchmal wurden auch anderthalb Stunden daraus. Danach würden sie Tee trinken und Halma spielen, Mikado, Mühle, Spiel des Lebens und so weiter, was Elli auch mit niemand anderem tat als mit ihrer Großmutter. In der Zwischenzeit würde Elli sich leider zu Tode langweilen.

Sie hatte schon seit langem mit dem Gedanken gespielt,

irgendwann einmal den Dachboden ihrer Großeltern zu durchstöbern. Auch wenn sie sich auf einen Stuhl stellen würde, würde sie nicht an die Dachluke herankommen, aber es musste hier doch irgendwo eine Stange herumliegen, die man in die Öse einhaken konnte. Sie ging zurück in den kleinen Flur, dort fand sie nichts, auch nicht auf der Gästetoilette. Elli öffnete die Tür zu Großvaters Arbeitszimmer, das sie zum letzten Mal betreten hatte, als sie noch ein kleines Mädchen war. Auf einem Regal, das fast bis zur Decke reichte, sah sie etwas liegen, das wie eine Metallstange aussah. Auf dem Stuhl stehend, reichte sie heran und den Stuhl brauchte sie noch einmal, um mit der Stange an die Luke heranzureichen. Danach war alles ganz einfach, die Leiter ließ sich auseinanderklappen und oben angekommen fand sie auf Anhieb den Lichtschalter.

Hier herrschte eine überraschende Ordnung, nein, eigentlich war es keine Überraschung, denn ihr Großvater liebte Ordnung. Ein ganzes Regal war von oben bis unten angefüllt mit Pinseln, Malerwalzen und Farbresten, die aussahen, als stammten sie aus der Zeit, in der Großvater noch ein Lehrling war. Daneben standen Vitrinen wie in einem Museum, hinter denen Großvater alte Geräte gesammelt hatte: Radios, Schallplattenspieler, Kassettenrekorder, eine Nähmaschine und unzählige Regale mit alten Schallplatten. Es gab Schränke, die sich bogen unter dem Gewicht von Flaschen, Büchsen mit Lebensmittelprodukten aus der DDR-Zeit. Es gab Gläser, deren Aufschrift behauptete, dass darin Gurken und Marmeladen wären. Dem Inhalt konnte man das jedoch nicht mehr ansehen.

Großvater hatte auch Waschmittelpackungen, Zahnpastatuben, Seifen und Rasierschaum gesammelt, mit den schmucklosen, einfarbigen Etiketten aus einer Zeit, in der die Produkte noch nicht um die Gunst der Konsumenten wetteifern mussten. Den meisten Platz nahmen Bücherregale ein, was Elli seltsam fand, denn sie konnte sich nicht daran erinnern, Großvater mal mit einem Buch in der Hand gesehen zu haben. Hier standen eine Enzyklopädie sowie die gesammelten Werke von Marx und Lenin, Kinderbücher, in denen Großvater wohl als kleiner Junge gelesen hatte und solche literarischen Werke, die man zu DDR-Zeiten in einer Buchhandlung erwerben konnte. Sowjetische und DDR-Schriftsteller wie Hermann Kant, Johannes Becher und Christa Wolf aber auch die Bücher von westdeutschen Autoren, die man der eigenen Bevölkerung zumuten konnte wie „Die verlorene Ehre der Katharina Blum" von Heinrich Böll und „Jakob der Lügner" von Jurek Becker. Die beiden kannte Elli aus dem Deutschunterricht, alle anderen Bücher sagten ihr nichts.

Jetzt erkannte Elli, was den penetranten Geruch erzeugte, der ihr schon von Anfang an aufgefallen war. Ein paar Angeln steckten in einem hohen Eimer und an denen klebte noch etwas Grünzeug. Der Rest des Dachbodens war mit Möbelstücken zugestellt, Kommoden, Schränken, Tischen und Stühlen aus der ersten eigenen Wohnung, die sie in einem sogenannten Würfelhaus in Neuberesinchen zugeteilt bekommen hatten, als Großmutter mit ihrer Mama schwanger war.

„Das Haus gibt es nicht mehr", sagte Großmutter. „Es ist traurig, dass deine Mutter dir nicht mehr zeigen kann, wo sie zur Welt gekommen ist, weil das Haus, wie viele andere, abgerissen worden ist."

„Es war nicht Besonderes", meinte Mama zum selben Thema. „Das Haus sah aus wie allen anderen. Mit der einzigen Ausnahme, dass es eben das Haus war, in dem wir gewohnt haben. Wir sind umgezogen, als ich sechs war. Ich kann mich kaum mehr daran erinnern."

Elli war enttäuscht. Die leise Hoffnung, ein spannendes Spiel zu finden, das sie noch nicht kannte oder gar einen alten Volley– oder Fußball, den man hätte aufpumpen können, hatte sich nicht erfüllt. Entweder hatte Großvater, als er ein Kind war, nicht mit solchen Dingen gespielt oder er hatte es nicht für wert befunden, sie aufzubewahren.

Sie wandte sich ab und war auf dem Weg zur Luke, als sie in einem Winkel des Dachbodens unter der Schräge eine große Weidentruhe stehen sah. Sie schaute hinein. Darin waren Kleidungsstücke, blaue Hemden mit dem Emblem der FDJ, sowohl solche in Jungengröße als auch größere. Elli wusste, dass ihr Großvater auch als junger Erwachsener noch eine Zeitlang bei der FDJ gewesen war. Zuunterst lag, sorgfältig gefaltet, eine graue Uniform. In der Hosentasche war etwas Hartes, sie schaute nach und hielt plötzlich eine Pistole in den Händen. Elli konnte nicht beurteilen, wie alt die Waffe war, doch sie war weder verstaubt noch verrostet, ganz im Gegenteil, sie sah frisch poliert aus, gut in Schuss gehalten, als könnte man sie immer noch gebrauchen. Zur Bestätigung fand sie in der anderen Hosentasche eine Schachtel mit Kugeln, die nicht aus DDR-Zeiten stammten. Ihr Herz schlug schneller, als sie auf die verrückte Idee kam, die Anzahl der Kugeln zu zäh-

len und mit der Verpackungsangabe zu vergleichen. Drei
Kugeln fehlten.

24. Kapitel: Matuscheks Vater macht sich einen Reim auf die Zeit und redet ein einziges Mal nicht über Fußball

Seit Matuschek wieder in Frankfurt (Oder) lebte, besuchte er seinen Vater im Seniorenheim Karl Marx jede Woche. Es war jedes Mal dasselbe, sein Vater hockte im Sessel am Fenster und war nicht mehr viel mehr als Haut und Knochen, aber aufrecht saß er dort und begann mit den Worten: „Weißt du noch?" Dann folgten die Erinnerungen an all ihre gemeinsamen Stadionbesuche beim FC Vorwärts Frankfurt, die für seinen Vater eine viel größere Bedeutung gehabt hatten als der Tag, an dem er ihm das Fahrradfahren und später das Schwimmen beigebracht hatte. An diesem Tag, Mitte September, jedoch redete der alte Matuschek plötzlich über ein anderes Thema:

„Weißt du noch, wie wir den ersten Trabbi bekamen? Einen schneeweißen, fabrikneuen. Auf der Jungfernfahrt durftest du neben mir auf dem Beifahrersitz hocken und wir sind kreuz und quer durch die Stadt gefahren, bis die Zeit zum Abendessen war."

Ja, daran konnte Matuschek sich sehr gut erinnern, aber sein Vater war noch lange nicht fertig.

„Als Belohnung für die fleißige Arbeit von mir und Mutti im Betrieb haben wir den Trabbi bekommen", fuhr der Alte fort.

Und dafür, dass du ein braver Bürger warst, dachte Matuschek.

„Weißt du noch, wie wir unseren ersten Farbfernseher bekamen? Wir konnten die Weltmeisterschaft in der BRD in Farbe sehen und unseren großartigen Sieg, eins zu null, Sparwasser. Das war damals noch etwas Besonderes, nicht jeder hatte einen Farbfernseher. Heute hat hier jeder solch einen Flachbildschirm auf seinem Zimmer stehen. Ich wurde zweimal als Mitarbeiter des Monats ausgezeichnet und wir sind mit dem Betrieb nach Zinnowitz in die Ferien gefahren, Mutti und du durftet auch mitkommen. Das war eine schöne Zeit damals. Nach der sogenannten Wende waren wir einmal in Frankreich, weil man ja nun überall hinreisen durfte. Wir waren fast zwei Tage lang unterwegs, um überhaupt in Paris anzukommen. Unfassbar, wie dreckig dort alles war und laut und teuer und niemand sprach Deutsch und wir natürlich kein Französisch, woher auch? Alle haben sich über uns lustig gemacht und zur Strafe, dass wir ihre Sprache nicht konnten, haben wir das Doppelte bezahlt. Eigentlich konnten wir uns die Reise gar nicht leisten, danach sind wir auch nur noch an unsere Ostsee gefahren. Doch auch dort wurde alles teurer, nachdem die aus dem Westen die Hotels und Pensionen übernommen hatten. Für uns gab es im eigenen Land keinen Platz mehr.

Natürlich wurde der Betrieb dichtgemacht, war nicht mehr profitabel. Ich hatte ja Glück, dass ich nicht Versicherungen verkaufen musste wie die anderen, sondern eine Arbeit als Hausmeister bekam, erst in der Stadtverwaltung, dann in einer Schule, aber eine Auszeichnung, so wie früher, gab es dort nicht mehr. Dabei habe ich meine Arbeit gut gemacht. Das war jetzt nichts Besonderes mehr sondern eine Selbstverständlichkeit. Wurdest ja dafür bezahlt. Als ich in Pension ging, gab es auch nur einen kurzen Händedruck von der Schuldirektorin zur Verabschiedung, das war's.

Weißt du noch, was sie 1989 gerufen haben? Wir sind das Volk!, haben sie gerufen. Ich hab` da nicht mitgemacht, weil es uns doch gut ging, Mutti und dir. Ich ahnte schon, da würde am Ende gar nichts besser werden. Und siehst du, hatte ich nicht recht? Die da oben machen immer noch, was sie wollen. Genauso wie früher. Es sind bloß andere Leute als zu DDR-Zeiten. Im Fernsehen und in der Zeitung sagen und schreiben sie alle dasselbe und alle vier Jahre dürfen wir zur Wahlurne gehen und unser Kreuz machen. Ich weiß nicht mehr, wo ich schon überall mein Kreuz gemacht habe. Bei den Linken, bei der CDU und bei der SPD und trotzdem kommt immer dasselbe dabei heraus. Die CDU gewinnt und stellt den Kanzler. Jetzt sind es die Sozis und ist es dadurch besser geworden? Nein. Unser ganzes Geld geht in die Ukraine, warum eigentlich? Soll sich der Russe doch nehmen, was ihm gehört. Hauptsache, er lässt uns in Frieden."

Matuschek schaute seinen Vater verdutzt an. Es war, als hätte er all seine Lebensweisheiten der letzten fast vierzig Jahre, über die er sich oft mit ihm gestritten hatte, in einen einzigen Monolog verpackt. Jetzt sah er erschöpft aus und tatsächlich fielen ihm langsam die Augen zu und er schlief mit offenem Mund. Es hätte auch keinen Sinn gemacht, mit ihm zu diskutieren. Matuschek wartete, bis der Regenschauer vorbei war und verließ auf Zehenspitzen das Zimmer seines Vaters.

25. Kapitel: Wojtek Miłosz besucht mit Łukaszek und Antonina ein Café und wird von einer blonden Frau beobachtet

„Guten Morgen, Łukasz", sagte Antonina und gab ihm die Hand. „Ich habe gehört, dass du das Café ausgesucht hast."

„Es ist mein Lieblingscafé," antwortete Łukasz zur Bestätigung.

„Es ist wirklich ein schöner Ort. Gemütlich und modern zugleich. Kannst du dir vorstellen, dass ich heute zum ersten Mal hier bin?"

„Oh!", machte Łukasz und hielt sich vor Erstaunen die Hand vor den Mund.

Er war schon zehn Jahre alt und sah aus wie ein Sechsjähriger. Er war mit Abstand der Kleinste in seiner Klasse und auch im letzten Jahr war er kaum gewachsen.

„Das ist nicht schlimm", meinte er. „Wenn ich etwas nicht erreichen kann, klettere ich auf einen Stuhl oder Papa nimmt mich auf den Arm. In unserer Klasse gibt es ein Mädchen, das heißt Gosia, genau wie Mama, sie ist so stark, dass sie mich hochheben kann."

„Das ist ja wunderbar", lachte Antonina. „Was empfehlen die Herren hier?"

„Himbeertörtchen und einen Milchkaffee", antworteten Łukasz und Wojtek Miłosz wie aus einem Mund.

Antonina war von allem begeistert und redete mit Łukasz über seine Lieblingsbücher. Als Antonina für einen Augenblick vor die Tür ging, um eine Zigarette zu rauchen, sagte Łukasz:

„Sie ist sehr nett, deine Freundin, Papa."

„Sie ist eine Arbeitskollegin", korrigierte Wojtek Miłosz.

„Sie ist trotzdem sehr nett. Vielleicht können wir am Wochenende manchmal etwas zusammen unternehmen. Sie hat keine Familie, nicht wahr?"

Wojtek schüttelte den Kopf.

„Sie hat also Zeit", schlussfolgerte Łukasz. „Darf ich sie fragen, ob sie nächstes Wochenende mit uns einen Ausflug machen will, Papa?"

Als Antonina zurück war, rückte Łukasz etwas näher an sie heran.

„Darf ich deinen Pullover berühren?", fragte er. „Er sieht sehr schön aus. Und er ist so weich", stellte er fest.

„Man nennt ihn Norwegerpulli, weil das Strickmuster aus Norwegen kommt. Ich habe mehrere davon, jeder in einer anderen Farbe."

„Darf ich auch solch einen Pulli haben, Papa?", fragte Łukasz.

„Wenn Antonina uns sagt, wo man sie kaufen kann."

„Ist Norwegen weit weg?", fragte Łukasz.

„Ja, sehr weit", entgegnete Antonina.

„Zu weit, um dahin einen Ausflug zu machen, nicht wahr?"

„Ja, viel zu weit", bestätigte Antonina.

„Möchtest du vielleicht mit uns einen nahen Ausflug machen, nächstes Wochenende, an einen schönen Ort, vielleicht an deinen Lieblingsort hier in der Gegend."

„Oh!", erwiderte Antonina und sah Wojtek an.

Wojtek Miłosz lächelte verlegen.

„Ich darf euch einen Ort vorschlagen", wiederholte sie.

„Darüber muss ich nachdenken. Was unternehmt ihr am Wochenende denn sonst so?"

„Och, wir fahren selten weg", antwortete Łukasz, „weil Papa sich am Wochenende von der Arbeit ausruhen muss."

Antonina lachte.

„Das kenne ich."

„Musst du dich am Wochenende auch lange ausruhen?"

„Nur ein bisschen. Ich habe auch keine solch anstrengende Arbeit wie dein Papa. Ich fahre am Wochenende gern weg, nach Poznań zum Beispiel."

„In Poznań wohnt Mama", erwiderte Łukasz. „Aber Mama hat sehr viel Arbeit, meistens arbeitet sie auch am Wochenende. Dafür ist Papa Mama und Papa in einer Person."

Antonina lachte erneut.

„So, ist er das? Dann vermisst du Mama also nicht so sehr."

„Nur ein bisschen", gab Łukasz zur Antwort. „Manchmal treffen wir uns ja und Weihnachten feiern wir immer zusammen, mit Wiktoria und mit Mamas Freundin Sandra. Die wohnt hier in Frankfurt und ist auch sehr nett."

Mit einem Mal huschte ein Schatten über Łukasz` Gesicht.

„Papa", flüsterte er, „ich glaube, die Frau dort hinten in der Ecke beobachtet dich."

Wojtek Miłosz erkannte die blonde Frau trotz Sonnenbrille sofort.

„Das ist die Frau, von der ich dir erzählt habe", raunte Wojtek Miłosz zu Antonina. „Die auf der Beerdigung von Kaczmarek war und mir entwischt ist."

Die blonde Frau raffte ihre Handtasche zusammen und verließ raschen Schrittes das Café.

„Sie darf mir nicht noch einmal entkommen", zischte Miłosz und zog einen Hundert-Złoty-Schein aus der Brieftasche.

„Könnt ihr das für mich übernehmen?"

Die Frau hatte ihr Auto am Ende des Parkplatzes schon erreicht, doch sie brauchte Zeit, um den Schlüssel in der Handtasche zu finden. Miłosz war bei ihr, bevor sie die Fahrertür öffnen konnte. Er fasste ihren Arm.

„Lassen Sie mich los oder ich rufe die Polizei!", drohte die Frau auf Polnisch.

„Nur zu", erwiderte Miłosz. „Ich bin die Polizei."

Die Frau sah ihn völlig verdattert an.

„Haben Sie das nicht gewusst?", fragte Miłosz.

Sie schüttelte den Kopf.

„Warum sind Sie auf dem Friedhof vor mir davongelaufen?"

„Ich dachte, Sie wären ein Freund von Bernard, der glaubt, ich hätte etwas mit dem Mord an ihm zu tun."

„Wie heißen Sie?"

„Wioletta Donarska."

„Warum waren Sie auf seiner Beerdigung?"

„Ich wollte von ihm Abschied nehmen."

„Waren Sie eine von seinen Geliebten?"

Sie nickte.

„Wissen Sie, wer ihn erschossen hat?"

„Nein."

„Aber Sie haben einen Verdacht."

„Nein."

Wojtek Miłosz glaubte ihr nicht.

„Zeigen Sie mir Ihre Papiere!"

Der Name stimmte, Wojtek Miłosz notierte ihre Adresse. Sie wohnte zwanzig Kilometer entfernt in Ośno Lubuskie. Er gab ihr seine Visitenkarte.

„Helfen Sie mir, seinen Mörder zu finden. Ich bitte Sie, jeder Hinweis kann nützlich sein."

„Geben Sie mir ein bisschen Zeit", erwiderte Wioletta Donarska. „Ich muss darüber nachdenken."

Wojtek Miłosz ließ die Frau in ihr Auto steigen und davonfahren. Den Rest des Tages fragte er sich, ob es ein Fehler gewesen sei, sie so schnell gehen zu lassen und ihm fielen zig Fragen ein, die er ihr hätte stellen können.

26. Kapitel: Der Hundertjährige macht Lutz Schütze zum neuen starken Mann und stiftet zur Gewalt an

In einem Frankfurter Gasthaus, in einem großen, nüchternen Raum, in dem sonst Familienfeiern standfanden, traf sich der harte Kern der Montagsspaziergänge. Man legte zunächst eine Schweigeminute ein für den verstorbenen Klaus Schmidt, dessen Stuhl am Ende der Tafel demonstrativ leer blieb. Dann erhoben sich alle von ihren Plätzen, um die Deutschland-Hymne zu singen. Schließlich schaltete der Gastwirt die Videotechnik ein. Auf der Leinwand erschien überlebensgroß der Hundertjährige vor einer Bücherwand und trug eine große Sonnenbrille. Seine hohe Fistelstimme war eindringlich, aber leise. Der Gastwirt drehte verstohlen an den Reglern, um noch ein paar Dezibel rauszuholen.

„Der Kampf um die Zukunft unseres Landes hat mit dem feigen Giftmord an unserem Freund und Mitkämpfer Klaus Schmidt eine neue Eskalationsstufe erreicht. Die Polizei tappt im Dunkeln, wie nicht anders zu erwarten war. Aber ich frage Euch, wer sonst als unsere Feinde im Kampf um eine starke Zukunft unserer Heimat sollte den aufrechten Bürger Klaus Schmidt auf dem Gewissen haben?"

Lautstarke Zustimmung machte sich im Raum breit.

„Wir dürfen diesen Anschlag auf den Frieden und die Freiheit in unserem Lande nicht unbeantwortet lassen. Deswegen sage ich Euch: Ermutigt die Jugend, unsere wehrhafte Jugend, dem Feind zu zeigen, wer in dieser Stadt der stärkere ist. Wer Gewalt sät, liebe Freunde, wird Sturm ernten!"

Tosender Beifall und Jubelrufe.

„Als Erstes habt Ihr die Aufgabe, liebe Freunde", fuhr der Hundertjährige fort, „einen neuen Anführer zu wählen. Einen starken Mann, zu dem Ihr alle aufschauen könnt und der unsere Gegner das Fürchten lehrt. Erlaubt Ihr mir, Euch einen Vorschlag zu unterbreiten?

Ich beobachte Eure Aktivitäten, wie Ihr wisst, aus einer gewissen Entfernung. Mein fortgeschrittenes Alter erlaubt es mir nicht mehr, an vorderster Front zu kämpfen. Ihr könnt mir glauben, dass ich dies jeden Tag bedaure und vermisse. Nichts desto trotz begleite ich Euren Kampf sehr aufmerksam. Dank meiner nicht unerheblichen Lebenserfahrung und Menschenkenntnis kann ich beurteilen, wer von Euch sich zum Führer eignet. Die Person muss Durchsetzungsfähigkeit mit rhetorischem Talent verbinden, eine unzweifelhafte rechte Gesinnung mit der Stärke, in dem Sturm zu bestehen, der auf Euch zukommt und Euch in eine bessere Zukunft zu führen."

Der Hundertjährige machte eine Pause, um seinen Worten Nachdruck zu verleihen.

„Ich empfehle Euch, Lutz Schütze zu Eurem Anführer zu wählen."

Lutz Schütze erhob sich von seinem Platz, nahm Haltung an und verbeugte sich vor dem Hundertjährigen. Die darauffolgenden Wortmeldungen waren samt und sonders Lobreden auf Lutz Schütze und auf den Hundertjährigen. Der Gastwirt als Versammlungsleiter fragte, ob jemand der Anwesenden eine geheime Abstimmung beantrage und ob es noch weitere Kandidaturen gäbe. Die Wahl von Lutz

Schütze fiel einstimmig aus bei einer einzigen Enthaltung, derjenigen von Lutz Schütze selbst.

27. Kapitel: „Du fährst zu selten nach Frankfurt (Oder) und Słubice" oder Begegnungen am Vortag der Demonstration für Demokratie und Europa

Wojtek Miłosz holte Gosia und Wiktoria am Sonntag vom Bahnhof ab, weil er sich dumm vorgekommen wäre, in der Wohnung zu hocken, während die beiden in der Stadt ankamen.

„Der Bus ist gerade weggefahren", stellte Wojtek fest.

„Lasst uns ein Taxi nehmen", schlug Wiktoria vor. „Ich muss mich heute Abend noch mit Justyna treffen."

„Und du?", fragte Wojtek Miłosz die Mutter seiner Kinder und Frau, mit der er das halbe Leben verbracht hatte. „Was hast du heute Abend noch vor?"

„Warum hast du Łukaszek nicht mitgebracht?", fragte sie zurück.

„Er ist zu Hause", antwortete Wojtek. „Er würde sich freuen, dich zu sehen."

Das Taxi brachte sie zu einem kleinen Hotel ein paar hundert Meter hinter der Stadtbrücke. Wiktoria verabschiedete sich von ihrem Vater mit einer flüchtigen Umarmung und verschwand in der Stadt, Gosia brachte ihr Gepäck auf das Zimmer. Wojtek wartete auf einer Bank des kleinen Platzes, der *Plac Frankfurcki* hieß. Die Abendsonne traf zwischen den Häusern auf die spärlichen Bäume.

„Wie macht sich *Tobisz*?", fragte Gosia, als sie losmarschierten.

„Er ist kaum zu Hause", antwortete Miłosz. „Wenn ich

ihn frage, ist er sehr einsilbig. Fast immer ist es irgendetwas mit seiner Pfadfindergruppe."

„Und die Schule?"

„Die Noten werden immer schlechter. Er sagt, ich solle mir keine Sorgen machen, das Abitur würde er schon schaffen."

„Hat er vielleicht eine Freundin?", fragte Gosia weiter.

„Keine Ahnung", gab Wojtek zurück. „Ich glaube nicht, dass er mir davon erzählen würde."

Es war seltsam, mit Gosia durch die Stadt zu laufen. Sie legte einen flotten Schritt an den Tag, was verhinderte, dass die Gedanken Zeit hatten, viel Raum einzunehmen. Irgendetwas stimmte nicht, dachte Wojtek. Die Frau, die neben ihm herlief, war nicht mehr die Gosia, die er kannte, daran hatte er sich gewöhnt. Nun veränderte sich auch noch die Stadt in ihrer Anwesenheit, sie entzog sich ihm, sie wurde fremd. Oder war am Ende alles eine Täuschung? Gosia war gar nicht da und der Spaziergang fand überhaupt nicht statt.

Gosia ging die Treppe voran, Wojtek schaute ihr gedankenlos hinterher. Die Wohnungstür musste er aufschließen, denn sie besaß keinen Schlüssel mehr.

„Mama!", rief Łukaszek, kaum dass sie die Wohnung betrat und sprang ihr in die Arme. „Ich wusste, dass du kommst."

Er ließ sie nicht mehr los, sie nahm auf dem Sofa Platz und Łukaszek plapperte wie ein Wasserfall. Wojtek blieb nichts anderes übrig, als in der Küche klar Schiff zu machen.

Auch Franziska reiste bereits am Vorabend der großen Demonstration an. Sie fuhr mit ihrem neuen Auto, einem knallgelben VW Beetle Hybrid, auf den Parkplatz des Hotels Ziegenwerder, vis-à-vis vom Stadion der Freundschaft, der traditionsreichen Wirkungsstätte des FC Vorwärts. Franziska sendete Matuschek eine WhatsApp: *Gdzie się spotkamy?* Sie schlenderte den Anger entlang, in dem ausnahmsweise einmal niemand Boules spielte und traf Matuschek, der den Nachmittag in der Muckibude in den Lenné-Passagen verbracht hatte, zu Füßen des Kleistdenkmals.

„Sei gegrüßt, Liebste!"

„*Cześć Kochanie!*"

„Weißt du noch, *Kochanie*", wollte Matuschek wissen, „dass es eine Zeit gab, da du mein Frankfurt an der Oder so liebenswert fandest, dass du dir sogar vorstellen konntest, hierher zu ziehen?"

„Daran hat sich nichts geändert, wenn deine Stadt doch bloß am Meer liegen würde."

„Das wird bis auf Weiteres nicht der Fall sein, Liebste. Doch zusammen könnten wir uns eine Eigentumswohnung auf Usedom leisten und dort jedes zweite Wochenende verbringen, von den Ferien ganz zu schweigen."

„Ich fürchte, das Meer würde mir schrecklich fehlen, jeden Morgen beim Aufstehen und jeden Abend, wenn es kein Rauschen der Wellen gäbe, das mich in den Schlaf wiegt."

„Ich kenne da jemanden, der dich stattdessen in den Schlaf streicheln könnte", erwiderte Matuschek.

„Du fehlst mir natürlich auch", gab Franziska zu. „Daher hoffe ich, dass du nicht bis auf alle Ewigkeit bei der Frankfurter Kripo arbeiten wirst."

„Ich produziere neuen Stoff für dich, wenn du aus den hohen europäischen Sphären mal wieder in die Niederungen der deutsch-polnischen Kriminalliteratur hinabsteigen willst."

„Das ist sehr aufmerksam von dir", sagte Franziska und küsste ihn.

„Darf ich dich zum Essen ausführen, *Kochanie*?", fragte Matuschek.

„Das ist eine sehr gute Idee, ich habe heute den ganzen Tag noch nichts Vernünftiges gegessen."

Kurz darauf saßen sie im − nach Matuscheks Meinung − besten Restaurant der Doppelstadt und genossen zunächst ein sämiges Fischsüppchen und dann kross gebackene Schweinebacke mit warmem Apfelkompott und zum Nachtisch ein Stück Käsekuchen mit salziger Note. Als sie beim Kaffee saßen und auf die Straße schauten, gingen Wiktoria und Justyna an ihnen vorüber und ein paar Minuten später Wojtek Miłosz, der Gosia zum Hotel begleitete und die Hoffnung hatte, seine Stadt zurückzubekommen, wenn er nur häufig genug an der Seite seiner geschiedenen Frau durch ihre Straßen lief.

„Macht es Spaß, wieder mit deinem alten Kollegen Wojtek Miłosz zusammenzuarbeiten?", fragte Franziska.

„Das macht es durchaus, aber Miłosz ist nicht mehr der Alte. Seine Schlagfertigkeit ist verschwunden, sein scharfer Verstand ist noch da, aber er arbeitet viel langsamer als früher. Er hat die Trennung von seiner Frau immer noch nicht verwunden."

„Er hat ein paar Kilo zugesetzt", stellte Franziska fest. „Gosia dagegen sieht großartig aus. Sie hat Biernacki Polen übernommen, nicht wahr?"

„Nicht nur das", bekräftigte Matuschek. „Nächstes Jahr steigt sie zu einer von zwei Gesellschaftern auf. Der andere ist Biernackis Filius. Ihr Jahresgehalt liegt bei fast einer Million Euro netto."

„Alle Achtung!", staunte Franziska. „Auf Gosia und Wojtek Miłosz!"

„Die Jungs wohnen weiterhin beim Vater", erzählte Matuschek. „Der kleine Łukasz ist ein sehr liebenswürdiger, kluger Kerl, doch Tobiasz bereitet seinem Vater große Sorgen. Seine Welt sind die katholischen Pfadfinder, bei denen man nicht nur um das Lagerfeuer herumsitzt und harmlose Lieder singt. Bei denen bekommt man neuerdings völkische, antieuropäische Ideologie eingetrichtert. Als Konsequenz klebt er Wahlplakate für die PiS."

„Und das, während seine große Schwester in Warschau Tag und Nacht für die Abwahl der Regierung kämpft", seufzte Franziska. „Für einen der beiden bricht kommenden Sonntag eine Welt zusammen."

Als Franziska und Matuschek den Rückweg antraten, leuchtete die Stadtbrücke majestätisch in den Farben Grün und Blau und die Welt war zumindest an diesem Abend in Ordnung.

„Gehen wir zu mir oder zu dir?", fragte Franziska fröhlich, als sie das Hotel Ziegenwerder erreicht hatten.

„Mein Appartement besteht aus zwei Zimmern", pries Matuschek. „Das Schlafzimmer geht auf die Insel hinaus, wo dich der Wind in den Baumwipfeln in den Schlaf wiegen wird."

„Das sind sehr überzeugende Argumente", befand Franziska. „Fragt sich nur, warum ich überhaupt ein eigenes Zimmer gebucht habe."

„Das habe ich mich auch gefragt", entgegnete Matuschek. „Daher habe ich mir, dein Einverständnis vorausgesetzt, erlaubt, deine Buchung zu annullieren."

„Oh!", entfuhr es Franziska überrascht.

„Ich dachte, du warst in letzter Zeit zu beschäftigt, um sich mit solchen Kleinigkeiten zu befassen. Das Geld, das du gespart hast, kannst du für deinen nächsten Urlaub verwenden, für den ich mich gern als Reisebegleitung anbiete."

„Hat der Herr Kommissar unter Umständen auch schon das Reiseziel geplant?", fragte Franziska.

„Ich hatte vor, das morgen beim Frühstück in aller Ruhe mit Ihnen zu besprechen, Frau Schriftstellerin."

„Einverstanden. Und nun, Herr Kommissar?"

„Nun trage ich Sie, wenn Sie gestatten, auf den Armen in meine bescheidene Wohnung."

28. Kapitel: Am Montag finden in Frankfurt (Oder) und Słubice zwei Demonstrationen statt

Lutz Schütze hatte in der Nacht schlecht geschlafen. Die Verantwortung, die ihm übertragen worden war, ruhte schwer auf seinen Schultern und schmerzte in seinem Rücken. Außerdem hatte er durchaus Angst, den Erwartungen des Hundertjährigen nicht gerecht zu werden. Was war es eigentlich, was er von ihm erwartete? Mehr Teilnehmer? Mehr als in anderen Städten? Einen Riesenerfolg bei den nächsten Wahlen, auf dass niemand mehr an ihren Forderungen vorbeikam und dass bei nächster Gelegenheit die Mehrheit das Original an Stelle der Kopie wählen würde? Bis dahin müsste man dafür sorgen, dass sich die Stimmung in der Stadt und darüber hinaus weiter zuspitzt und dass ein Gegner nach dem anderen aufgibt und die Stadt verlässt. Eines Tages sollte ganz Deutschland nach Frankfurt (Oder) schauen.

Was ihm auch schon die eine oder andere schlaflose Nacht bereitet hatte, war die Ermittlungsarbeit der beiden Kommissare. Zusammen erschienen sie ihm unberechenbar. Wie konnte es sein, dass es einem Polen erlaubt war, ein deutscher Polizist zu werden? So weit war es mit diesem Staat also schon gekommen, er ging vor die Hunde, von Tag zu Tag mehr. Höchste Zeit, dass jemand kam und mit all dem aufräumte. Er erschrak: Hier in Frankfurt sollte er nun, von der Gnade des Hundertjährigen, der starke Mann sein, der allen zeigte, was die Stunde geschlagen hatte. Ob er dem gewachsen war? Und was konnte er schon ausrichten?

Sandra hatte geschlafen wie ein Stein, bloß leider viel zu kurz. Erst kam Gosia und wollte unbedingt mit ihr reden, über die Sorgen, die sie sich um ihre Söhne machte. Tobiasz hatte bei den polnischen Nationalisten ein Zuhause gefunden und sie fragte sich, ob sie es hätte verhindern können. Der Bürgerbewegung und insbesondere der Frauenbewegung war es gelungen, die Opposition zu einen, so dass sie nun eine realistische Chance besaß, den Kampf in Warschau zu gewinnen. Sie selbst hatte nicht nur ein paar hunderttausend Złoty gespendet, sondern jede freie Minute in irgendwelche Aktionen investiert. War der Preis, den sie dafür zahlen musste, dass sie ihren Sohn verlor? Das war grausam. Der Preis war zu hoch. Sie war Tobiasz nach der Scheidung keine gute Mutter gewesen.

Łukaszek war ein lieber Junge, er hatte ein gutes Herz und sie hatte das Gefühl, dass es ihm gut ging mit seinem Papa. Doch war es nicht so, dass etwas in ihm sich weigerte, erwachsen zu werden? Wie sonst war es zu erklären, dass er ein Zwerg blieb?

Gosias Job war hart, sechzig Stunden und mehr, der Markt war gnadenlos, er forderte, dass man stets ein paar Jahre im Voraus dachte und plante und unangenehme Entscheidungen traf und dann doch immer wieder von heute auf morgen eingreifen musste, weil etwas ganz anders kam als geplant. Die Zusammenarbeit mit Biernacki Junior gestaltete sich schwierig. Er war anders als sein Vater, er hielt sie für zu weich und versuchte, sie in unendlich langen Gesprächen von seiner Meinung zu überzeugen. Oft gab sie klein bei, ohne es für richtig zu halten.

Kaum war Gosia in Sandras Bett eingeschlafen, kreuzten Justyna und Wiktoria auf und wollten unbedingt wissen, was sie von ihrer morgigen Rede hielt.

„Ach, es wird schon gut sein", wiegelte Sandra ab und gähnte.

Wiktoria war enttäuscht und Justyna bestand darauf, die gesamte Rede mit ihr abzusprechen. Sandra zwang sich dazu, den Text zu lesen.

„Es ist nicht einfach", sagte sie schließlich. „Wir haben zwei Veranstaltungen in einer. Wir wollen, dass alle Słubicer und alle Frankfurter Polen am Sonntag zur Wahl gehen und die PiS zum Teufel jagen. Dieser Teil der Rede ist klar. Doch was ist mit den anderen Frankfurterinnen und Frankfurtern? Womit erreichen wir sie, die die zahlenmäßig größte Gruppe sein könnte? Und was verbindet die beiden Zielgruppen? Das wird noch nicht deutlich genug."

Justyna sah sie verzweifelt an. Ihr Blick wollte sagen: Genau deswegen sind wir ja zu dir gekommen. Du musst uns helfen!

Sandra stieß einen tiefen Seufzer aus. Mühsam erhob sie sich aus dem bequemen Sessel.

„Unser Impuls für die Demo ist Anti, die Veranstaltung ist gegen die PiS und gegen die sogenannten Montagsspaziergänge gerichtet. Wir wollen den Rechten, den Nationalisten die Stirn bieten, wir wollen zeigen, dass wir in der Überzahl sind. Aber wir wollen doch auch sagen, dass wir die besseren Antworten auf die Fragen haben, die die Leute beschäftigen, oder?"

Justyna und Wiktoria nickten lebhaft.

„Ja, und?"

„Hm, genau", sagte Wiktoria.

„Die Rechten", dachte Justyna laut nach, „sind es doch, die sich darüber definieren, dass sie dagegen sind. Gegen Ausländer, gegen andere Hautfarben und Religionen, gegen Europa, gegen das demokratische System. Unser eigentlicher Antrieb ist ein anderer. Wir sind für Vielfalt, für Toleranz von Andersartigkeit und für Integration statt Ausgrenzung. Wir sind für Europa, für ein sozialeres und nachhaltigeres Europa."

„Schließt unser Verständnis von Demokratie auch eine Toleranz für Nationalismus und Fremdenfeindlichkeit ein?", wollte Sandra wissen.

„Nein!", antwortete Wiktoria.

„Wie meinst du das?", fragte Justyna zurück.

„Wie weit geht unsere Toleranz?", fragte Sandra. „Wo ist ihre Grenze?"

„Die Grenze ist der Unterschied zwischen Reden und Handeln", antwortete Justyna. „Das demokratische System toleriert alle Meinungen und politischen Überzeugungen."

„Auch solche, die sich gegen das System und gegen grundlegende Werte richten?", hakte Sandra nach.

Justyna zögerte.

„Ja", sagte sie schließlich, „ich finde, auch solche. Die Menschen sollen sich selbst ihre Meinung bilden. Die Grenze der Toleranz ist dort, wo zur Gewalt gegen Menschen aufgerufen wird oder die Ausübung von Gewalt gebilligt wird."

„Und dort, wo das System als solches angegriffen wird", ergänzte Wiktoria, „die Gewaltenteilung, wie in Polen."

Sandra nickte bedächtig.

„Vielfalt statt Einfalt!", rief Wiktoria.

„Für eine starke Demokratie statt Diktatur!"

„Für das Recht auf eine freie Meinung, auch für Nationalisten!"

„Freiheit für die Ukraine! Demokratie in Russland!"

Die Polizei sprach später von 500 Montagsspaziergän-
gern und von 5.000 Teilnehmerinnen und Teilnehmern
der „Manifestation für Demokratie und Europa", wie sie
laut behördlicher Anmeldung hieß. Die Polizei unter der
Leitung von Tomek stand auf der Stadtbrücke zwischen
den beiden Gruppen. Julia hatte an jenem Tag keinen
Dienst.

Eine der Teilnehmerinnen hatte ein Plakat gemalt, auf
dem stand:

„Nicht nur ihr, auch wir lieben Deutschland! Und Polen!
Und ganz Europa! Und ALLE Menschen, die hier leben!"

Justyna fand das Plakat richtig, Wiktoria fand es übertrieben.

„Ich liebe meine Mama, aber nicht mein Land. Ich
habe ein paar Jahre in England gelebt, ich könnte auch in
Neuseeland oder in Kanada leben, wenn wir den Job in
Polen erledigt haben."

Sandra war den ganzen Tag lang müde. Zum Glück
musste sie keine Rede halten.

„Sonst wäre ich bestimmt im Stehen eingeschlafen und
ihr hättet mich nach Hause tragen müssen", behauptete
sie.

29. Kapitel: In Polen gewinnt die Opposition – Gosia und Wiktoria feiern und für Tobiasz bricht eine Welt zusammen

Am nächsten Sonntag, den 15. Oktober, fuhr Gosia, nachdem sie am Morgen in Poznań ihre Stimme abgegeben hatte, zu Wiktoria nach Warszawa. Gosia lernte Wiktorias Mitbewohnerinnen und Freundinnen aus der „Frauenstreik"-Bewegung kennen und las ihrer Tochter die Leviten, dass sie ihr Studium vernachlässige.

„Mama, das hier ist wichtiger als ein Studium. Außerdem zählen heutzutage berufsrelevante Erfahrungen viel mehr als irgendwelche Abschlüsse."

„Aha, was hast du denn außerhalb der Uni gelernt?", fragte Gosia aus mütterlicher Sorge, obwohl sie sehr stolz darauf war, wie sich ihre Tochter im letzten Jahr entwickelt hatte.

„Organisation von Veranstaltungen, Öffentlichkeitsarbeit, Teamarbeit, Krisenmanagement", zählte Wiktoria auf. „Stell dir vor, bei uns machen sogar junge Frauen aus Deutschland, Frankreich und Skandinavien mit. Die studieren hier auf Englisch und lernen fleißig Polnisch. Einige wollten sofort die polnische Staatsangehörigkeit beantragen, damit sie auch wählen können. Dann haben sie erfahren, dass das mindestens ein Jahr dauern würde."

„Gewiss sind diese Erfahrungen sehr nützlich für verschiedene Berufe. Mit einem Studienabschluss zeigst du jedoch, dass du in der Lage bist, über ein paar Jahre an einem Thema dranzubleiben, sich sorgfältig damit zu beschäftigen und sich in neue Themen reinzuarbeiten, auch wenn sie zu Beginn schwerfallen."

Wiktoria seufzte:

„Wozu muss man Statistik lernen? Es gibt doch für alles eine App."

„Keine App nimmt dir das Denken ab", erwiderte Gosia. „Das Studium hilft dir dabei, dass du das Denken nicht verlernst."

„Als ob wir in der politischen Arbeit nicht scharf denken müssten", brummelte Wiktoria.

„Versprich mir, dass du zumindest den Bachelor machst, Wiki", sagte Gosia.

„Versprochen, Mama. Wäre es dir vielleicht möglich, mein monatliches Studiengeld etwas zu erhöhen? Das Leben hier in Warszawa ist fürchterlich teuer."

„Wie viel brauchst du denn?"

„Tausend Złoty?"

„Einverstanden. Aber dafür kümmerst du dich ab sofort mehr um dein Studium."

„Ab morgen, Mama."

Als um 21.00 Uhr eigentlich alle Wahllokale hätten schließen müssen, standen in Wrocław immer noch Menschen in der Warteschlange, weil der Andrang so groß war. Gosia und Wiktoria waren auf der Wahlparty des „Frauenstreiks" in der Warschauer Innenstadt. Der erste Jubel hallte durch die Menge, als kurz nach 21 Uhr bekanntgegeben wurde, dass die Wahlbeteiligung bis 17 Uhr über 10 % höher gewesen wäre als bei der Wahl vier Jahre zuvor. Es herrschte die Meinung vor, dass dies auf eine höhere Mobilisierung von jungen Leuten und Frauen zurückzuführen wäre und dass diese in ihrer Mehrheit für eine der drei Parteien der von Donald Tusk angeführten Opposition stimmen würden. Doch ob das reichen würde, den Vorsprung der PiS-Partei aufzuholen?

Die erste Prognose, die auf Befragungen beruhte, die unmittelbar nach der Stimmabgabe vor den Wahllokalen durchgeführt worden waren, war für 21:20 Uhr angekündigt. Wiktoria knabberte vor lauter Aufregung an ihren unlackierten Fingernägeln.

Tobiasz zitterte nicht wie seine Schwester den Ergebnissen entgegen. Er saß mit seinen Freunden am Lagerfeuer. Als die Prognose veröffentlicht wurde, machte sie jedoch auch hier die Runde. Es hieß: Unsere Partei hat die Wahl gewonnen, sie ist mit großem Vorsprung wieder zur stärksten Partei geworden. Doch es steht noch nicht fest, ob es wieder zur Regierungsbildung reicht. Tusk, der deutsche Agent, behauptet, er hätte zusammen mit seinen Partnern eine Mehrheit. Doch die Prognosen kommen von den Oppositionsmedien, die dürfe man nicht ernstnehmen. Man dürfe auf keinen Fall die Hoffnung verlieren, dass sich am Ende „Recht und Gerechtigkeit" durchsetzen werden.

Gegen zehn Uhr trat der Oppositionsführer Donald Tusk vor seine Anhänger und erklärte, er habe sich noch nie in seinem Leben so sehr über einen zweiten Platz gefreut. Es sähe zwar so aus, als würde seine Partei, die Bürgerkoalition, nur zweitstärkste Partei im Sejm werden, doch zusammen mit dem „Dritten Weg" und der „Linken" würde man wie angekündigt eine Koalition bilden, die über eine deutliche Regierungsmehrheit verfügt.

Gosia wusste, dass auf die neue Regierung nach acht Jahren PiS viel Arbeit warten würde und dass es nicht einfach sein würde, die Koalition vier Jahre lang zusammenzuhalten und dass Kaczyński, der alte, verbohrte, verbitterte und immer noch starke Mann der PiS die Macht nicht freiwillig abgeben würde. Doch an diesem Abend freute sich Gosia mit ihrer Tochter. Sie hatte Wiktoria noch nie so aufgewühlt und glücklich gesehen. Sie lag sich abwechselnd mit ihren Freundinnen und mit ihrer Mutter in den Armen und weinte.

Kurz vor Mitternacht hielt Antek, Tobiasz' bester Freund, ihm sein Handy entgegen mit einer aktuellen Nachricht der staatlichen polnischen Wahlkommission. Nach Auszählung von über 80 % der Stimmen konnte die von Donald Tusk angeführte Koalition mit etwa 250 Sitzen im Sejm rechnen, 19 Sitze mehr, als für eine absolute Mehrheit vonnöten wären.

„Wir haben verloren, mein Freund", sagte Antek.

„Wirklich?", fragte Tobiasz ungläubig zurück.

„Der Vorsprung ist zu groß, daran wird sich nichts Entscheidendes mehr ändern."

„Was wird nun passieren?"

„Tusk ist ein Freund der Europäischen Union und ein Freund Deutschlands. Er wird mit all den anderen Liberalen, die unsere Werte nicht teilen, gemeinsame Sache machen. Das ist nicht gut für unser Land."

„Was wird aus uns Pfadfindern?"

„Och", sagte Antek. „Tusk wird uns nicht verbieten, weiter durch die Wälder zu laufen und unsere Lieder zu singen. Bloß an einem besseren Polen mitzuarbeiten, dazu werden wir frühestens in vier Jahren wieder die Gelegenheit bekommen."

Tobiasz konnte die ganze Nacht nicht schlafen. Er schämte sich. Sein Vater hatte Recht gehabt. Die Mehrheit der Polen würde diese rückwärtsgewandte Regierung nicht mehr haben wollen, hatte er gesagt. Tobiasz war wütend auf seine Schwester, die ihm ihren Sieg bei nächster Gelegenheit unter die Nase reiben würde. Und Mama? Mama war auch auf der Seite von Wiki. Er war der Einzige in der Familie, der für ein nationales Polen eintrat und er hatte verloren.

30. Kapitel: Justyna wird auf der Straße angegriffen – Julia und Tomek kommen zufällig vorbei und können Schlimmeres verhindern

Justyna feierte mit einem Dutzend Freunden den 18. Geburtstag von Malina und Justus, einem Zwillingspaar, dessen Eltern für eine Woche in den Urlaub gefahren waren. „Sturmfreie Bude", nannte man das auf Deutsch, lernte Justyna. Es war nach zwei Uhr nachts, als Justyna sich von der Kießling-Siedlung im Frankfurter Westen zu Fuß zurück nach Słubice aufmachte. Es war kalt und windig. Zum Glück regnete es nicht.

In einem Eisenbahntunnel kamen ihr zwei junge Männer in dunklen Klamotten entgegen. Ausweichen war unmöglich, es blieb nur, die Seite zu wechseln.

„Hey, wohin so schnell?"

Sie stellten sich ihr in den Weg und drängten sie von der Straße auf den Gehweg zurück.

„Solch eine wie dich kommt uns gerade recht", grinste einer und zog an ihren bunt gefärbten Rastazöpfen, dass es weh tat.

„Lasst mich los, was wollt ihr von mir?"

„Ein bisschen mit dir reden. Bist du nicht die aus der Zeitung?"

Wer hätte gedacht, dass du Zeitung lesen kannst?, war Justyna drauf und dran, auf Polnisch zu sagen.

„Du gehörst doch zu denen, denen nichts heilig ist und die für freie Liebe sind, jeder mit jedem, nicht wahr?"

„Ich würde zu gern wissen, ob deine Haut überall so kackbraun ist wie im Gesicht."

„Lasst mich in Ruhe!", schrie Justyna und schlug um sich.

Es war weit und breit kein Auto und kein einziger Mensch in Sicht. Sie versuchten, Justyna den Mund zuzuhalten und zerrten sie aus dem Tunnel. Nicht weit entfernt lag abseits der Straße ein verlassenes Gelände, dahinter Gewerbehallen, von Gestrüpp umgeben. Wenn sie es schaffen, sie dorthin zu zerren, würde gewiss niemand ihre Hilferufe hören, sofern sie überhaupt noch in der Lage sein würde zu schreien.

Über die Straße, die auf die Kreuzung führte, kam in der Ferne langsam ein Auto näher. Justyna wehrte sich nach Kräften, aber die beiden Kerle waren stärker. Sie griffen Justyna an Armen und Beinen und trugen sie von der Straße weg. Sie hatte ein paar Schläge ins Gesicht bekommen, sie blutete und ihr schwanden die Kräfte, sie war nicht einmal mehr in der Lage zu schreien.

Plötzlich legte das Auto an Tempo zu, aus dem Augenwinkel erkannte Justyna, dass es sich um ein Polizeiauto handelte. Das Scheinwerferlicht erfasste sie, der Wagen hielt an und zwei Polizisten sprangen heraus.

„Stehen bleiben, Polizei!", rief eine Frauenstimme.

Tomek legte den Männern Handschellen an und Julia rief, nachdem sie Justynas Verletzungen in Augenschein genommen hatte, einen Krankenwagen herbei. Justyna zitterte noch lange danach, als sie schon im Krankenhaus waren, in das Julia sie begleitete, am ganzen Körper.

„Zahlt meine Krankenkasse denn die Kosten, wenn ich auf der deutschen Seite behandelt werde?", brachte sie mühsam aus dem blutenden Mund mit den aufgeplatzten Lippen hervor.

„Natürlich", beruhigte sie Julia auf Polnisch. „Du bist auf deutscher Seite verletzt worden und deswegen bringt dich der Rettungsdienst in ein Frankfurter Krankenhaus."

„Ich habe solch ein Glück gehabt", murmelte Justyna immer wieder. „Die Kerle hätten alles Mögliche mit mir anstellen können, wenn sie mich überhaupt am Leben gelassen hätten."

Julia hielt während der ganzen Fahrt ins Klinikum ihren Arm schützend und tröstend um Justynas geschundenen Körper. Doch noch viel mehr als ihr Körper, der sich in ein paar Tagen erholte, war ihre Seele verletzt. Sie sollte sich lange nicht von dem Angriff auf ihr Leben erholen, auf alles, was ihr lieb und teuer und was zugleich so zerbrechlich war. Als sie das Krankenhaus schließlich verlassen konnte und wieder in ihrer kleinen Słubicer Wohnung hockte, wusste sie, dass sie hier nicht mehr bleiben konnte. Słubice und Frankfurt waren für sie gestorben. Justyna zog nach Warschau zu Wiktoria.

31. Kapitel: Elli erzählt Sandra von ihrem gefährlichen Fund und Milosz und Matuschek stellen die blonde Frau dem mutmaßlichen Mörder gegenüber

„Trainerin, kann ich dich gleich kurz sprechen?", fragte Elli nach dem Mittwochstraining, bei dem Sandra ihre Mädchen unermüdlich gescheucht und gedrillt hatte.

„Kann das nicht bis zum Wochenende warten?", erwiderte Sandra, die am liebsten sofort nach Hause gegangen und die Beine hochgelegt hätte. Dabei musste sie zuvor noch in der Kulturfabrik nach dem Rechten sehen.

„Ich fürchte nicht", gab Elli zurück. „Es hat auch nichts mit Fußball zu tun."

„O je", stöhnte Sandra.

Ellis Haare waren nass vom Duschen und im Flur des Vereinsheims zog es wie Hechtsuppe.

„Komm, wir gehen in meine Kabine", sagte Sandra. „Damit du dich nicht erkältest. Ich brauche dich am Samstag."

In der Trainerumkleide roch es noch übler als bei den Mädchen, fand Elli, doch das war jetzt egal. Sie erzählte Sandra von dem Pistolenfund auf dem Dachboden ihres Großvaters und von den fehlenden Patronen.

„Und was soll ich jetzt damit anfangen?", fragte Sandra. „Ist dein Großvater denn kein Sportschütze oder Jäger?"

Elli schüttelte den Kopf.

„Dann geh damit zur Polizei."

„Meinst du wirklich?"

„Die Polizei könnte prüfen, ob aus dieser Pistole geschossen wurde. Wenn du Recht hast, dass dein Großvater keine wilden Tiere erschießt und auch nicht auf Scheiben, dann muss geklärt werden, auf wen oder was geschossen worden ist."

Elli zögerte. Sie dachte an den Ärger, den ihr Großvater bekommen würde.

„Kann es nicht noch einen anderen, erlaubten Grund geben, eine Waffe zu benutzen?", fragte Elli.

„Mir ist keiner bekannt", entgegnete Sandra müde. „Aber auch diese Frage kann dir die Polizei beantworten. Ich gebe dir die Telefonnummern zu zwei Kriminalpolizisten, die ich kenne. Die sind beide in Ordnung. Sie werden deinen Großvater nur dann behelligen, wenn sie wirklich den Verdacht haben, dass da etwas faul ist."

Am nächsten Tag lud Matuschek Elli in die Dienststelle ein und betrachtete aufmerksam die beiden Fotos, die Elli von der Pistole und von den Patronen gemacht hatte. Er ließ Elli auf dem Stuhl gegenüber seines Schreibtischs Platz nehmen und verglich Ellis Fotos mit ein paar Informationen auf seinem Rechner.

„Komm mal rüber zu mir, Elli", sagte Matuschek schließlich. „Ich muss dir etwas zeigen, damit du verstehst, warum wir deinem Großvater heute ein paar unangenehme Fragen stellen müssen."

Elli sah, dass die Patronen auf dem Dachboden vom selben Kaliber waren wie diejenigen, mit denen Bernard Kaczmarek erschossen worden war.

„Das heißt natürlich noch lange nicht, dass der tödliche Schuss aus der Waffe deines Großvaters abgefeuert wurde", erklärte Matuschek. „Aber da es zig verschiedene Größen und Arten von Projektilen gibt, sind wir bei einer derartigen Übereinstimmung an zwei Orten in derselben Stadt verpflichtet, dem nachzugehen. Umso mehr, da dein Großvater Umgang mit Personen pflegt, die schon mehrfach gegen die Waffengesetze verstoßen haben."

„Besteht eine Möglichkeit", fragte Elli, „dass mein Großvater nicht erfährt, wer Ihnen von der Waffe erzählt hat?"

„Selbstverständlich können wir die Quelle unserer Informationen geheim halten", antwortete Matuschek. „Außerdem kann ich die Fotos so bearbeiten lassen, dass nicht zu erkennen ist, dass sie auf dem Dachboden aufgenommen wurden. Dennoch ist die Anzahl der Personen, die die Waffe gefunden haben können, begrenzt. Es sind wohl nur du und deine Großmutter. Vielleicht ist es am besten, wenn du deinem Großvater bis auf Weiteres aus dem Weg gehst. Wenn etwas passiert, kannst du dich jederzeit wieder bei uns melden, hörst du? Tag und Nacht, wenn es sein muss."

Am Abend trafen Petra Schumacher und Matuschek Lutz Schütze zu Hause an. Der neue starke Mann der „nationalen Mitte", wie sich die Montagsspaziergänger nannten, war überrascht, als ihm die Kripomarken gezeigt wurden.

„Was wünschen Sie?", fragte er knapp.

„Wir würden mit Ihnen lieber im Sitzen reden als zwischen Tür und Angel", erwiderte Petra Schumacher freundlich.

„Sagen Sie mir erst einmal, worum es geht?", beharrte Schütze.

„Es besteht der Verdacht, dass Sie sich des unerlaubten Waffenbesitzes schuldig gemacht haben, Herr Schütze", antwortete Petra Schumacher notgedrungen.

„Wie kommen Sie darauf?"

„Sie sind im Besitz einer … mit dazugehörigen Patronen der Marke …", fuhr Petra Schumacher fort.

„Ich war Offizier der Nationalen Volksarmee", entgegnete Schütze.

„Das berechtigt Sie nicht zum Besitz einer funktionsfähigen Waffe."

„Ich bin nicht verpflichtet, Ihnen weitere Auskünfte zu geben", erwiderte er.

„Das ist richtig", entgegnete Petra Schumacher. „Zumindest so lange nicht, bis wir morgen mit einem Durchsuchungsbefehl und mit einer Vorladung auf die Polizeidirektion wiederkommen. Sie können dem Ganzen etwas Wind aus den Segeln nehmen, wenn Sie uns als Erstes einfach ein Dokument vorlegen, das Sie zum Besitz dieser Pistole berechtigt."

„Bis morgen, die Herrschaften", erwiderte Schütze schroff und schloss vor ihrer Nase die Tür.

Lutz Schütze stieg unverzüglich auf seinen Dachboden und fand alles an Ort und Stelle. Es sah jedoch danach aus, als hätte in letzter Zeit jemand in der Truhe herumgewühlt.

„Warst du auf dem Dachboden an meiner alten Truhe?", fragte Schütze seine Frau, die am Kamin saß und eine Wollmütze für Elli strickte.

„Ach du liebes Bisschen, es muss Jahre her sein, dass ich mir zum letzten Mal die Mühe gemacht habe, dort rauf zu klettern."

„Und Elli?", fragte er weiter.

„Ist regelmäßig bei uns zu Besuch", antwortete seine Frau. „Vielleicht hatte sie Langeweile und hat ein wenig herumgestöbert. Warum fragst du?"

„Jemand hat in meinen Sachen gekramt, in meinen Erinnerungsstücken aus der Zeit bei der NVA und bei der FDJ."

„Hast du Sehnsucht nach den alten Zeiten, Lutz?", fragte seine Frau.

Die Frage und ihr Ton gefielen dem Malermeister gar nicht. Er flüchtete in den Garten, um eine zu rauchen. Von dort rief er seine Enkeltochter an, die nicht abnahm. Seine Tochter konnte ihm auch nicht sagen, wo sich Elli aufhielt.

Lutz Schütze ging alle Optionen durch, die er hatte. Selbst wenn man nachweisen konnte, dass der Schuss auf Kaczmarek aus einer Waffe dieses Typs abgegeben wurde, war das noch lange kein Beweis dafür, dass es auch dieselbe Pistole war. War es möglich, dass die Polizei Wioletta aufgespürt hatte? Wie konnte das geschehen? Ihre Beziehung war schon lange vorbei. Jetzt galt es, nicht die Nerven zu verlieren und Ruhe zu bewahren. Sind es nicht vor allem Krisensituationen, in denen sich wahre Führer beweisen müssen?

Am nächsten Tag gab Lutz Schütze zu, dass die Waffe ihm gehörte. Er besäße sie seit seiner Zeit bei der NVA und er wäre sich dessen nicht bewusst gewesen, dass dafür ein Waffenschein erforderlich sei. Das Fehlen der drei Patronen könne er sich nicht erklären, vielleicht müsse die Polizei dazu diejenige befragen, die in seiner Truhe herumgeschnüffelt habe.

„Das war Elli, nicht wahr?", sagte Schütze. „Meine Enkelin."

Petra Schumacher antwortete nicht. Wie zu erwarten, fanden sich auf der Pistole nur Fingerabdrücke von Elli, nicht diejenigen von Lutz Schütze oder irgendjemand anderem. Daher war Lutz Schütze ziemlich überrascht, als ihm dennoch die Vorladung zu einem Verhör vorgelegt wurde.

„Wären Sie so freundlich, mir den Grund zu verraten?", sagte er und fühlte sich immer noch sicher.

„Sie werden in der Mordsache Kaczmarek befragt, Herr Schütze", erwiderte Petra Schumacher.

„Warum?", fragte Schütze entgeistert.

„Mit hoher Wahrscheinlichkeit wurde der tödliche Schuss auf Bernard Kaczmarek aus Ihrer Waffe abgegeben. Wir halten es für ausgeschlossen, dass Ihre Enkeltochter Elli eine Mörderin ist."

„Aber ich habe Ihnen doch schon gesagt, dass ich nicht weiß, wer die Patronen entwendet hat", stieß Schütze erbost hervor.

„Das ändert nichts daran, dass Sie unser Fragen beantworten müssen", erwiderte Petra Schumacher bestimmt. Und dann etwas verbindlicher: „Vielleicht fällt Ihnen bis morgen ja noch etwas ein, was uns helfen kann, den Schützen ausfindig zu machen."

Das Verhör am darauffolgenden Tag überließ Petra Schumacher ihren Kollegen.

„Herr Schütze", begann Bernd Matuschek, „Sie haben zugegeben, dass es sich um Ihre Waffe handelt, die gut versteckt in Ihrer Truhe auf Ihrem Dachboden lag, zu dem nach unseren Erkenntnissen nur Ihre Enkelin, Ihre Frau und Sie selbst Zugang hatten. Bitte erklären Sie uns, wer außer Ihnen die Pistole entwendet haben soll."

„Haben Sie meine Enkelin, die Schnüfflerin, gefragt?", erwiderte Schütze gehässig.

„Ihre Enkelin hat ausgesagt, dass sie Ihre Pistole auf dem Dachboden in die Hände genommen, Fotos geschossen und sie dann an denselben Ort zurückgelegt hat. Und zwar am 23. September. Der Mord an Herrn Kaczmarek geschah jedoch am 20. Juli."

„Es tut mir leid, dass ich Ihnen da nicht weiterhelfen kann", entgegnete Schütze.

„Wenn dem so ist", meinte Matuschek, „sind Sie der Hauptverdächtige für den Mord an Bernard Kaczmarek."

„Aus welchem Grund?", ereiferte sich Lutz Schütze. „Sicher hat es mich auf die Palme gebracht, dass sich dieser Polacke in unsere, deutschen Angelegenheiten eingemischt hat. Aber ihn deswegen zu erschießen? Ich bitte Sie! Das kann doch nicht Ihr Ernst sein."

Anstelle einer Antwort verließ Wojtek Miłosz den Raum und kam mit einer blonden Dame um die vierzig zurück, die er aufforderte, gegenüber von Lutz Schütze Platz zu nehmen.

„Kennen Sie diese Frau, Herr Schütze?"

„Nein."

Wioletta Donarska brach in Tränen aus. Nachdem sie sich einigermaßen beruhigt hatte, fragte Wojtek Miłosz:

„Kennen Sie diesen Mann, *Pani Wioletto*?"

„Ja, ich kenne ihn."

„Woher kennen Sie ihn?"

„Ich, das heißt, wir hatten ein Verhältnis miteinander."

„Das ist eine Lüge!", fuhr Lutz Schütze dazwischen.

„Ach, hören Sie auf, Schütze!", blaffte Matuschek ihn an. „Machen Sie das Ganze für sich nicht noch schlimmer, als es ist."

„Ich werde jede weitere Aussage verweigern."

„Das ist Ihr gutes Recht", entgegnete Miłosz. „Aber ich fürchte, es wird Ihnen nicht helfen."

„Drohen Sie mir etwa?", bellte Schütze.

Miłosz seufzte.

„Darf ich Sie bitten, *Pani Wioletto*, noch einmal zu wiederholen, was Sie mir erzählt haben?"

Wioletta Donarska schilderte, wie sie Lutz Schütze 2018 in einem Słubicer Restaurant kennengelernt habe. Sie hätte sich damals einsam gefühlt und sich nach einem liebevollen, rücksichtsvollen Mann gesehnt. Lutz wäre am Anfang sehr charmant und großzügig gewesen. Der Altersunterschied von fast zwanzig Jahren habe sie nicht gestört. Sie wusste, dass Schütze verheiratet war. Ihr kam es auch gar nicht darauf an, unbedingt zu heiraten. Dennoch hätte sie es als einen Beweis seiner Ernsthaftigkeit angesehen, als er anfing, eine Scheidung in Erwägung zu ziehen. Kurz darauf begann sein Benehmen, sie mehr und mehr abzustoßen. Er wurde grob, wenn sie ihm nicht gefügig war und er äußerte sich immer häufig abfällig über Ausländer, was sie auch auf Polen bezog, obwohl er beteuerte, dass er mit Polen kein Problem hätte, so lange sie sich nicht in deutsche Angelegenheiten einmischen würde. Dass sie eine Polin sei, würde ihn überhaupt nicht stören. Sie wäre eben eine Ausnahme von der Regel.

Lutz Schütze war außer sich vor Wut, als sie die Beziehung beendete, in demselben Restaurant, in dem sie sich kennengelernt hatten. Er schlug sie und musste von zwei Kellnern rausgeschmissen werden. Die Kellner verstanden nicht, warum sie ihn nicht wegen Körperverletzung anzeigen wollte. Sie wären sofort bereit gewesen, die Schläge zu bezeugen. Für sie war die Sache erledigt, sie wollte keinen Ärger und mit Lutz Schütze nichts mehr zu tun haben.

„Jetzt sind Sie an der Reihe, Herr Schütze", fuhr Matuschek dazwischen. „Woher kannten Sie Bernard Kaczmarek?"

„Ich bin auf politischen Veranstaltungen einige Male mit ihm aneinandergeraten", antwortete Schütze. „Ansonsten hatte ich nichts mit ihm zu tun."

„Sie haben ihn niemals woanders getroffen?", hakte Matuschek nach. „Außerhalb der Politik, sozusagen privat."

„Nein, habe ich nicht", entgegnete Schütze.

„Denken Sie noch einmal nach", blaffte Matuschek ihn an. „Nach all den Lügen, die schon aus Ihrem Mund gekommen sind, wird ein Gericht Ihre Glaubwürdigkeit nicht besonders hoch einschätzen."

Lutz Schütze kniff die Lippen zusammen und schwieg. Miłosz ließ sich von Wioletta Donarska ihr Smartphone aushändigen.

„Sie haben Frau Donarska am 16. Juli, vier Tage vor

dem Mord an Bernard Kaczmarek in einer Nachricht als „Schlampe" beschimpft. Auf die Frage von Frau Donarska, was Sie plötzlich von ihr wollten, schrieben Sie zurück: Du lässt dich von diesem Kaczmarek bumsen? Warum ausgerechnet von ihm, diesem linken Schweinehund! − Das geht dich nichts an, schrieb Frau Donarska zurück. Ihre Antwort lautete einen Tag später: Wirst schon sehen, was du davon hast!"

„Na und!?", lachte Schütze bösartig. „Das heißt überhaupt nichts."

„Das sehen wir anders", erwiderte Matuschek. „Sie gehen in Untersuchungshaft, wegen des dringenden Verdachts des Mordes an Bernard Kaczmarek, nicht vorrangig aus politischen Motiven, sondern aus Eifersucht."

Die Spurensicherung der Polizei fand am darauffolgenden Tag in der Biomülltonne der Schützens einen falschen Bart und eine Schirmmütze.

32. Kapitel: Fast alles klärt sich auf und zum Glück geht das Leben weiter

Die Nachricht, dass Lutz Schütze in Untersuchungshaft saß, verbreitete sich in der Stadt wie ein Lauffeuer. Dies machte die Not für Udo Freiberg unerträglich. Er fühlte sich in seiner Einschätzung bestätigt, dass der Hundertjährige sich geirrt habe und dass Lutz Schütze die falsche Besetzung war. Seine Seelenpein, dass er es war, der völlig ohne Absicht den eigentlichen Führer Klaus Schmidt getötet hatte, konnte er nicht mehr aushalten. Er stellte sich der Polizei.

Zunächst tischte er der Polizei das Märchen auf, dass er das Gift dafür verwendet hatte, Schädlinge im Garten zu beseitigen und dass eben auch etwas in der Kaffeetasse gelandet war. Dann gab er zu, dass der Anschlag seinem lärmenden Nachbarn Wolfgang Schreiber gegolten hatte. Mit der Giftspritze reichte er durch die Hecke in den Garten des Nachbarn. Er hatte geglaubt, das Gift in die blaue Tasse des Nachbarn geträufelt zu haben. Er hatte schließlich keine Ahnung, dass sein Freund Klaus Schmidt zu Besuch war. Er beteuerte außerdem, dass es nicht seine Absicht gewesen wäre, seinen nervigen Nachbarn umzubringen, er habe ihm lediglich einen Schuss vor den Bug verpassen wollen. Mit dieser Argumentation kam Freiberg vor Gericht durch und wurde zu vier Jahren wegen fahrlässiger Tötung verurteilt.

Sandra hatte sich auf einen Kaffee mit Matuschek und Miłosz auf der Polizeidirektion verabredet.

„Ich mache mir Sorgen um Elli", fiel Sandra mit der Tür ins Haus. „Sie gilt im Umfeld der Montagsspaziergänger als diejenige, die ihren Anführer der Polizei ans Messer geliefert hat. Ich bin ja normalerweise die Letzte, die in solchen Situationen einen auf Panik macht, doch in diesem Fall ist die Lage ernst. Wir haben ja gesehen, was Justyna passiert ist. Ich habe Elli eingeschärft, nicht mehr allein in der Stadt unterwegs zu sein und sowohl das Handy als auch ein Pfefferspray stets griffbereit zu haben."

„Ich finde das nicht übertrieben", sagte Miłosz, „sondern völlig angemessen, leider."

„Was könnt ihr für Elli tun?", fragte Sandra direkt.

„Ich fürchte, nicht viel", antwortete Matuschek. „Es wäre sicherlich gut, wenn sie sich bis auf Weiteres zur Nacht an unterschiedlichen Orten aufhalten würde. Sie kann doch sicherlich ab und an mal in der Kulturfabrik übernachten."

„Das habe ich ihr angeboten. Zumal dort immer jemand ist und aufpasst. Aber Elli hat dankend abgelehnt. Sie ist lieber bei ihrer Großmutter."

„Na so was!", wunderte sich Matuschek.

„Ihre Großmutter ist voll und ganz auf ihrer Seite. Sie hat sich sogar in den sozialen Medien geäußert: Wer ihre Enkeltochter für die Verhaftung ihres Ex-Ehemanns verantwortlich mache, habe nicht verstanden, dass wir in einem Rechtsstaat leben und solle sich für seine Äußerungen schämen. Zehn Jahre Gefängnis für einen Mörder sei eine völlig angemessene Strafe."

„Ex-Mann?", fragte Miłosz.

„Richtig, Frau Schütze hat die Scheidung eingereicht und wird in Teilen der rechten Szene als Verräterin beschimpft. Aber es gibt auch mäßigende Stimmen. Udo Freiberg, der im selben Gefängnis sitzt wie Lutz Schütze, gehört dazu."

„Frag Elli, ob sie unsere Mobilfunknummern hat", sagte Matuschek. „Ich glaube, dass die Wut auch wieder abflauen wird."

„Wurde dieser sogenannte Hundertjährige eigentlich auch mal von der Polizei befragt?", wechselte Sandra das Thema.

„Nicht, dass ich wüsste", erwiderte Miłosz. „Schade eigentlich, ich würde ihn gern kennen lernen."

Auf dem Flur der Polizeidirektion lief Sandra Julia in die Arme.

„Was machst du denn hier?", fragte Sandra verwundert. „Deine Abteilung ist doch ganz woanders."

„Ich war beim Personalchef", entgegnete Julia.

„Sag bloß, du hast gekündigt!"

„Wo denkst du hin? Kannst du ein kleines Geheimnis für dich behalten?"

Sandra grinste und ahnte, was als Nächstes kommen würde.

„Das heißt, es wird höchstens noch ein, zwei Wochen lang ein Geheimnis bleiben. Dann werden wir allen davon erzählen."

„Wann ist es denn soweit?", fragte Sandra und betrachtete neugierig Julias Bauch, der, wenn man ganz genau hinschaute, schon eine sanfte Rundung aufwies.

„Am 29. Februar."

„Oh, Glückwunsch, meine Liebe", sagte Sandra und nahm Julia in den Arm.

„Ich gehe Neujahr in den Mutterschutz", erklärte Julia.

„Weißt du schon, ob es ein Mädchen oder ein Junge wird?", fragte Sandra.

„Ein Mädchen und es soll Sara heißen, weil der Name nicht nur auf Deutsch und Polnisch fast gleich ist, sondern auch in allen anderen Sprachen Europas."

„Wunderbar!", freute sich Sandra. „Wann bringt ihr die kleine Sara zu mir zum Fußballtraining?"

„Sofort, wenn sie laufen kann", versprach Julia.

GESCHRIEBEN IM SOMMER 2024 IN TORNIO-HAPARANDA, INARI (LAPPLAND), IN DER BRETA-GNE, BRUXELLES, OOSTENDE UND IN FRANK-FURT (ODER)

Inhalt

Verzeichnis wichtiger Figuren 5

Vorgeschichte, in der Gosia und Wojtek Miłosz sich scheiden lassen, und Matuschek zusammen mit Franziska an der Ostsee lebt 9

1. Kapitel: Eine Frau stürzt die Kellertreppe herunter und die Ereignisse nehmen ihren Lauf **30**

2. Kapitel: Im Anger wird Boules gespielt und die Welt neu geordnet **37**

3. Kapitel: Petra Schumacher ermittelt bei den Borkowskis **41**

4. Kapitel: Sandra organisiert ein Konzert, erhält eine Morddrohung und gibt einem Haufen Mädchen Fußballtraining..**48**

5. Kapitel: Gosia, Wiktoria und Sandra in London **55**

6. Kapitel: Wojtek Miłosz wechselt von der Słubicer zur Frankfurter Polizei und gibt der Gerichtsmedizinerin Antonina einen Korb **60**

7. Kapitel: Julia und Tomek sollen verhindern, dass der „Montagsspaziergang" den Grenzverkehr lahmlegt...........**69**

8. Kapitel: Petra Schumacher und Wojtek Miłosz ermitteln grenzüberschreitend...**75**

9. Kapitel: Tobiasz lernt bei den Pfadfindern, eine Waffe zu bedienen und erfährt, dass angeblich sein Vaterland bedroht ist **81**

10. Kapitel: Von London zurück nach Poznań und Frankfurt (Oder) – die Geschichte von Gosia und Sandra...........**86**

11. Kapitel: Die Ermittlungen gehen weiter.....................**96**

12. Kapitel: Bei einem Fußballspiel werden Lektionen fürs Leben gelernt **104**

13. Kapitel: Matuschek denkt über die Zukunft nach und sehnt sich wieder nach deutsch-polnischer Kriminalistik .**109**

14. Kapitel: „Man wird doch wohl noch seine Meinung sagen dürfen in diesem Land" oder: Wojtek Miłosz ermittelt auf eigene Faust **113**

15. Kapitel: Petra Schumacher und Wojtek Miłosz tun, was sie können und ermitteln in zwei Richtungen **117**

16. Kapitel: Wojtek Miłosz spielt Boules und Petra Schumacher stattet in den Ferien dem Liebknecht-Gymnasium einen Besuch ab **125**

17. Kapitel: Wut in der halben Stadt und darüber hinaus..**132**

18. Kapitel: Auf dem Frankfurt-Słubice-Pride werden Pläne geschmiedet und Matuschek gibt eine Homecoming-Party auf dem Ziegenwerder...**137**

19. Kapitel: Klaus Schmidt hat eine Audienz beim „Hundertjährigen" über den Dächern der Stadt.......................**144**

20. Kapitel: Ein gemütliches Kaffeetrinken im Garten nimmt ein tödliches Ende **148**

21. Kapitel: Man spielt Boules auch, um sich abzulenken..**159**

22. Kapitel: Bernd Matuschek besucht Sandra in der Kulturfabrik **166**

23. Kapitel: Elli, die Abwehrchefin, macht auf dem Dachboden ihres Großvaters eine Entdeckung **170**

24. Kapitel: Matuscheks Vater macht sich einen Reim auf die Zeit und redet ein einziges Mal nicht über Fußball **175**

25. Kapitel: Wojtek Miłosz besucht mit Łukaszek und Antonina ein Café und wird von einer blonden Frau beobachtet **178**

26. Kapitel: Der Hundertjährige macht Lutz Schütze zum neuen starken Mann und stiftet zur Gewalt an **183**

27. Kapitel: „Du fährst zu selten nach Frankfurt (Oder) und Słubice" oder Begegnungen am Vortag der Demonstration für Demokratie und Europa **186**

28. Kapitel: Am Montag finden in Frankfurt (Oder) und Słubice zwei Demonstrationen statt **192**

29. Kapitel: In Polen gewinnt die Opposition − Gosia und Wiktoria feiern und für Tobiasz bricht eine Welt zusammen **197**

30. Kapitel: Justyna wird auf der Straße angegriffen − Julia und Tomek kommen zufällig vorbei und können Schlimmeres verhindern **202**

31. Kapitel: Elli erzählt Sandra von ihrem gefährlichen Fund und Milosz und Matuschek stellen die blonde Frau dem mutmaßlichen Mörder gegenüber **205**

32. Kapitel: Fast alles klärt sich auf und zum Glück geht das Leben weiter **215**

Anmerkung des Autors

Die Geschichte ist frei erfunden. Ähnlichkeiten mit Personen, Institutionen und Ereignissen in Frankfurt (Oder) und Słubice sind zufälliger Natur.

Impressum

© Sören Bollmann, Frankfurt (Oder) 2024
© KLAK Verlag, Berlin 2025
Alle Rechte vorbehalten

Umschlag: Valeria Ibraeva
Satz/ Layout: Jolanta Johnsson

Druck: BookPress Olsztyn

ISBN 978-3-911617-02-4